の森文庫

詩の履歴書

「いのち」の詩学

新川和江

Shinkawa Kazue

E08

思潮社

詩の履歴書

目次

詩の履歴書——「いのち」の詩学

わたしはのどがかわいている

ballad

〈あの人を愛している〉
ある日わたしはとうとう言ってしまいました
熟した豆がひとりでに
はじけてこぼれるように　です
〈ききなれないことをいうよ　この子は〉
ミューズさまはぽかんとして
しばらくわたしを見下ろしておいででした
叱られるのだ　とわたしは思いました
それで思わず
ミューズさまの足もとにひれ伏しました

ミューズさまのきもののすそは
どろにまみれていました
茨のとげにひきさかれて
おみ足からは血がにじんでいました
ミューズさまのながいたもとは
きかいあぶらのにおいがしました
ドリルにえぐられて袖口は穴だらけでした

ミューズさまはやがてぽつりとおっしゃいました
〈わたしはのどがかわいている〉
それからわたしに
おしえておくれ　といいました
わたしはりんごの木のありかを知っていました
きれいな水のふき出す泉も知っていました
わたしはそのほうを指さしました

ミューズさまはうなずいて
つかれた足をひきずりながら
そちらへ歩いていかれました
〈あの人を愛している……
　ふしぎな歌だ
　わたしに水をほしがらせた〉
ミューズさまはどうやら泣いておいででした
とうとう走っていかれました

　この詩は一九六三年刊行の第三詩集『ひとつの夏たくさんの夏』の冒頭に収められている。最初のページにこの詩を置いたのは、この詩が一番の自信作だったからということではなくて、私の詩にしては珍しく主義主張がこめられており、詩集を手にとってくださった方に、せめてこの一篇は読んで頂きたい、という願いがあったからだった。

「ballad」は譚詩。そう呼べるほどの物語性を持っているわけではなかったけれど、その頃は横文字をこのように題名に据えたり、作中にちりばめたりするのが流行っていて、若気のいたりでちょっと気取ってみたかったのだと思う。それに内容がごらんの通りのものだったので、一種の照れかくし、くらまし戦術のつもりもあったかも知れない。なにしろ当時は、愛だの薔薇だのといった甘美なものは、現代詩の主題たり得ないと、横にしりぞけられていた観があった。

この作品に先立って私は前詩集『絵本「永遠」』収録の「chanson」という詩の中でも、愛をモチーフにしてうたっている。〈あまやかに歌いましょうか　愛《アムール》を／でも　でも　それが出来なくなった／わたしの唇《くち》はつめたく凍《しば》れ／優しい声はのどもとでせきとめられる〉という詩句にはじまり、〈世界がなんでしょう／文明がなんでしょう／わたしにとってとてもだいじな愛《アムール》　愛《アムール》〉と居直って見せたりしている。そして、愛の詩も書けなくなった詩人たちの不幸がいつからはじまったかといえば、それはえらい先生（T・S・エリオットを指している）が、詩は文明批評でなければいけない、などと言い出した日からだとしている。今日のように価値観が多様化し、多様な詩が受け入れられる時代と異なり、当時の現代詩は文明批評一辺倒であった。感性よりも知性が重んじられ、抒情的傾向がつよい詩を書く時にも、〈主知的〉という言葉を冠せた抒情詩が要求された。

愛は、生や死と同じように、詩の主題として大きなウェートを占めて然るべきなのに

——と私は不満だった。だから、〝chanson〟や〝ballad〟のような詩は言ってみれば現代詩に対する私の文明批評なのだった。現代詩へのアンチテーゼとして、私はこれらの詩を書いたのだった。

詩の言葉が、〈熟した豆がひとりでにはじけてこぼれるように〉、私の中で熟して外へとはじけ出すことを、私は願っていた。理念にもとづいて頭でこしらえあげた詩は、鉛の活字の臭いがするような気がした。四角い文字、つまり漢字で表記される観念的言語にも、違和感を感じた。まるい肩の、やわらかな手ざわりの平がなを好んで用いた。やわらかなだけでなく、雑草の茎のようなしなやかな勁さが、平がなにはあるのだった。

さてミューズ——詩神は、ついに私が洩らした素朴きわまりない言葉に、〈ききなれないこと〉を聞くもの哉、とあっけにとられた表情である。永らく詩神は、そのような言葉を耳にしてはいなかったのだ。〈ミューズさまのきもののすそは…〉以下六行の第二連で私は、われわれと同じく、詩神もまた置かれたであろう戦時下および戦後の苛酷な社会的状況を、描き出そうとした。戦争中私たちは、兵器工場と化した女学校で、旋盤やターレットを作動させるもののしいモーターの唸りと、機械油にまみれていた。

私の呟きを聞いた詩神に変化が起きる。のどのかわいた人が、疲れた足を引きずりながらも、水のある場所へと歩いて行くように、詩神は歩き出す。そうしてついには泣きながら走って行く。

〈あの人を愛している…／ふしぎな歌だ／わたしに水をほしがらせた〉とひとりごちながら。

ここでひとつ、打ち明け話をしようと思う。ごく若い頃、ある人から恋ぶみを貰った。「水が飲みたいように、あなたに会いたい」と書いてあった。かわいたのどを水がうるおす快感を伴って、その言葉はつよく私のこころを捕らえた。その表現を、私はこの詩で借用して、詩神に水を欲しがらせている。水、すなわち愛。後年、水に寄せる頌歌を多く書くようになるのも、そういう次第で、水と愛は私にとって、同義語であるからかも知れない。

季節

どうやって
落ちようかしら
こぼれ方にも　いろいろある
森では木の実が
豆畑では　豆が

莢の中にいちれつに並んで
思案している
りきんでいる
せっせと　ちからを蓄えている

こういう季節がわたしは好きだ
わたしの中にも
ひとつの思いが実りつつあって
やがて
一篇の詩が熟して落ちる

受けつがれてゆく血

るふらん

おじいさんはどこへいったの
山へ柴かり?
いいえ　いいえ　おじいさんはね
ひよわなおまえののどの奥で
夜どおし依怙地《いこじ》に鞴《ふいご》をふいてる
だからぼうやは火のように熱いの

おばあさんはどこへいったの
川へせんたく?
いいえ　いいえ　おばあさんはね
ながいおまえの睫毛《まつげ》のかげで

ご先祖名入りのタオルを飽かずにしぼってる
だからぼうやは頬が濡れるの

桃のなかから　なにがうまれるの
ももたろさん？
いいえ　いいえ　桃からはね
にがい　にがい　ひとつの種子《たね》
パパとママがおまえの耳のうしろへ落とした
だからぼうやは怯《おび》えて夜なかに目をさますの

生涯のうちで、最も画期的だった体験は何かと問われたら、私はためらわずに一九五五年に体験した男児出産、と答えるだろう。受胎から分娩にいたる十ヵ月に味わった驚きと感動は、今もつぶさに思い出すことができるけれど、記憶がまだ新鮮だった時期に書いたエッセイの中から、一部抄出してみようと思う。

「――凪にも光にもみはなされた小さな庭に、絶望しかけた頃、私は奇跡的に身ごもった。

大げさな言い方だけれども、結婚以来何年となくそのきざしもなかった私は、じぶんは石女《うまずめ》なのだと、なかば諦めていたのである。

私の中に、かぎりなく豊かな自然がひろがりはじめた。それは、赤いレンゲ田や、ケヤキの大樹のある村、ある夏泳ぎにいった海、というふうに、区切られた、あるいは名付けられた、固有の場所が持っている自然ではなく、草や麦や果実たちや、昆虫、魚、小鳥、けものたち、あらゆるものを生み出す大地そのものになったような、生命感にあふれた、ぬくとい感覚であった。かつてない充実感が、じぶんでもかがやいて見えるのではないかと思うほどに、日々、私をみたしていった。

詩作の上でゆきづまっていた私が、そこに活路を見出したのはいうまでもないが、女性は本来自然なのだ、自然そのものなのだ、と身をもって私は認識したのだった。」（「私の中の自然」）

第一詩集『睡り椅子』（1953）は、少女時代の甘やかなロマンチシズムを捨てきれずに引き摺っているような詩集で、戦後の現代詩の範疇には最初から入らぬ詩集だった。これからどんな詩を書いてゆけばよいのか、「地球」という詩の同人誌に参加はしたものの、暗中模索の状態が長く続いていた。そのような時に、手応えという点ではこれ以上のものは又となく思われる主題が、私の体を通って、この世に出現したのである。

零歳から六、七歳まで、この時期の子供はよく私の詩のモチーフになってくれた。育児体験がそのまま詩になる場合もあったが、私が試みたのは、子供というファインダーを通してその向こうに見えてくる世界を探知することだった。この「るふらん」も、そうした系列に入る作品のひとつ。るふらんはリフレイン、繰り返しのこと。わざとフランス語にしたのは、英語のリフレインが音感的にはじき返す金属性を持っているのに対して、こちらには、温かいふくらみと適度の湿りがあるように感じられたからである。ひらがな表記にしたせいもあるかも知れない。祖父母から父母へ、さらに子へ——。飽くことなく続いてゆく血のルフランである。

誕生

あたらしい空間を満たすべくおまえはやって来た
あけがたの雲が薔薇いろの光を帯び
空気がやさしい漣をたてたとき
突如おまえはあらわれて
おどろくママに
可愛いピストルをつきつけたのだ

おお　懼れなしに　悔なしに
抱きしめることが出来ようか　この
脈うつ小さな〈生〉の塊りを
わたしの罪　わたしの無謀
かわいそうな子よ
おまえの背なかに
天使まがいの翼をつけてあげるのを
ママはすっかり忘れてしまった
わたしの罪　わたしの無謀
あんまり先をいそいだので
おまえのちいさな掌に
詐術の木の葉を握らせるのを
ママはすっかり忘れてしまった……

外套も持たず　靴も穿かず
いくつものつめたい冬を
おまえはどうしてよぎることか

おまえはいくども躓いて
そのたびに爪先を傷め　あかい血を滲ませることだろう

生とは
たえず支払うこと
たえず追いかけられること
おまえは怯え　息をきらし
路傍の苦い草の穂を
どんな思いでかみしめることだろう

けれどおまえは無心に眠る
これが今日の支払いだとでも言いたげに
はでに大胆に襁褓を濡らす
そうしてみごとな泣声で
夜をひきさき
不敵にも
おまえは全世界に号令をかけるのだ

物体＝言葉

ノン・レトリック　I

たとえばわたしは　水をのむ
ゴクンゴクンと　のどを鳴らす
たとえばわたしは　指を切る
切ったところが　一文字にいたむ
たとえばわたしは　布を縫う
ふくろが出来て　ものがはいる
たとえばわたしは　へんじを書く
やっぱりわたしもあなたが好き　と
それから　そうして　こどもを生む
ほかほか湯気のたつ赤んぼを！

ひときれのレモン
丸のままの林檎
野っ原のなかの槻の大樹
橋を流す奔流
一本のマッチ
光るメス
土間のすみにころがっている泥いも
はだか馬

わたしもほしい
それだけで詩となるような
一行の
あざやかな行為もしくは存在が

私は、焦れていた。この詩を書いた頃（1961）の私はたしかに焦れていた。詩は、言葉によって成り立つもので、究極的には言葉に依存するほかは無いのだけれど、そうしてそれはわかっているのだけれど、言葉のまま差し出すのではなくて、言いたいこと伝えたいことを、たとえば一箇の林檎のように、目にも見え、手でもさわれる物体にして、掌にのせ、はい、と差し出すことは出来ないものか。

一本の樹木を見ても、目の前を走り去る犬を見ても、土間の隅にころがっているじゃがいもを見ても、実体というものの持つかがやきに私は圧倒され、「負ける、負ける」と心で叫び、記号化された言葉を繰って詩を書くことが、いかに空疎で手応えのない作業であるかを思いやった。言葉を過信し、とりわけ甘美な言葉に陶酔していた若年時代への反動であろうと思う。

レトリックは修辞、修辞学のこと。くだいて言えばうまい言い回しのことで、詩や文章を書く上では欠かせない表現技術なのだけれども、それをも否定しようとする姿勢をこの連作ではとっている。題名のつけ方自体にレトリックがはたらいていて、矛盾した話なのだが、これからは文芸的言い回しに振り回されまいぞ、という覚悟のようなものを、示したかったのだと思う。

しかし言葉やレトリックとは終生手をたずさえていかなければならないもので、言葉とのつき合い方を、私はのちに、「ひとつの声　ひとつの言葉」という詩の中で、このように書いている。

〈……ひとつの声　ひとつの言葉が／生える所へ出向いて行け／早春の日本アルプス／雪を割って伸びようとするショウジョウバカマの芽のように／寸余の緑に火の錐のエネルギーを持つ言葉／ふかしたての藷《いも》のように／ほかほか湯気のたつ言葉／生まれてすぐに／敷藁の上にすっくと立って見せる／仔山羊の脚のように　まだ濡れているういういしい言葉……〉

言葉の発生とその発展の道すじを辿ることは、興味あることではあるけれど、べつの分野の学者さんの仕事である。私に出来るのは、ひとつひとつの言葉が、まだ文字という文化を持たない古代人のくちびるから、おずおずと、そうして時には歓びに満ちて、発声されたその現場に、使用の都度立ち会うつもりでさかのぼること、だけである。もちろん思い描いてみるだけに過ぎないが、そうした時間をかけることで、かつて願った物体の手応えを、言葉から得ようとしているのだと思う。

やさしい声の妹

歌

南イタリア
オリーブ畑の上に出ている
月よ

ずっと昔
遠い日本のふるさとの田舎道で
フランネルの着物を着た　幼いわたしに
ついて来たように
ここまで来ても
やっぱり　ついて来てくれるのなら
歌わせておくれ　わたしに　お前の歌を

思い出させておくれ　わたしに　くちびるの動かしかたを
声のあげさげを　ひびき合うことばを
熱いこころを

アペニノ山脈のふもと
はからずもめぐり逢った　幼なじみの
月よ

戦後の現代詩が、〈うたの要素〉をまったく切り捨てることから出発したことは、まえにも触れた。けれども年少の頃に、七五の調べから童謡や詩に親しみはじめた私は、現代詩への覚醒を促されてそうした詩を書くようになってはいたものの、やはりそれだけでは心が渇きを訴えてくるのだった。

一九六〇年代に入ると、その渇きはいっそう激しくなった。日本でオリンピックが開催された年の秋、誘われてヨーロッパ一周の旅行団に加わった。

選手団を乗せてきた旅客機が、格安の運賃で運んでくれるという特典つきのいわば貧乏旅行だった。

その折の詩篇を収めた詩集『ローマの秋・その他』（1965）の冒頭作品「漂泊」の中で私は、〈おくれ　おくれ　わたしに　うたを／トゲトゲの日本の詩に／花びらをおくれ／蜜をおくれ〉と、さもしいほどのねだり方をし、〈昔　わたしにも　やさしい声の妹があった／妹がいなくなり　うたもいっしょに消えてしまった／おお　ヨーロッパ／すばらしい比喩法をくれたヨーロッパよ／秀でた額の少年と／妹はなぜ　結婚が出来なかったのかしら〉と大仰に嘆いている。〝やさしい声の妹〟、つまりうたを探して、〝トゲトゲの枯枝の日本の詩〟を、しなやかに潤いのあるものにしたいための、旅なのだった。

上掲の詩は、ローマからナポリへ、アッピア街道をバスで南下する時目にした、窓外の風景がモチーフになっている。やはりここにも手放しの歌い口で、うたを求めている私がいる。

幾度か海外体験をした今は、異国で月を見ても、このような感じ方はしたくても出来なくなっているが、この時はほんとうに感動したのだった。ベソをかいたような月の表情も、子供の頃ふるさとで仰いだそれと、少しもちがっていなかったのだから。

心にもくちびるにもうたがあった幼い日が蘇り、私は、人の批評を気にせずに書きたいように書いてみよう、という一種開き直った気持になっていた。

『ローマの秋・その他』に収めた二十四篇は、そのほとんどが現代詩の概念からは外れたもので、その時点での先端的作品とはならなかった代り、三十年経っても殊更には古びていないようだ。

あふれるもの

ローマは　水の音
どの街角を曲《まが》っても　水の音
これだ　これだ　これだと思う
わたしが求めていたものは

ほとばしり　噴き上げ　こぼれ
あふれるものの　よさ
これだ　これだ　これだと思う
わたしがここまで来たわけは

読者とふたり連れ

古いひとふし

——人生って　何ですか
昔よくうたった歌の
ひとふしが口の端にのぼるように
くちびるがふと　呟いていることがある
空の青い日に
空を見あげ　滂沱と涙をこぼしたりして

——橋って　何ですか
と問いながら知らずになかばを渡ってきて
それが橋だと気づいたときの
立ちくらみに似た……かるい眩暈《めまい》

──人生って　何ですか
なかばを渡ってきたはずである
が　のぞきこんでもその流れは見えない
橋のようには
倚りかかる　欄干もない

すぐれた詩にはみな、叡智というもののかがやきがあるように思う。手もとの広辞苑をひくと、叡智とは、「深遠な道理をさとりうるすぐれた才知」とある。当用漢字は英知と表記するが、知識重視の印象があって、感心しない。

さて人は、詩を読む時、深遠な道理というほどのものではないにしても、そこから何かを得ようとしているのにちがいない。詩人という人種の、世間の常識や既成の概念からちょっと外れた（あるいは大きく外れた）、ものの見方考え方に興味をもって読む人もいるだろうし、言葉の操作に関心をもって、字面やその配置を丹念に眺めたり、朗読をして音声上の響きをたしかめたりする味わい方をする人もいるだろう。けれどおおかたの素朴な読者は、実人生を生きていく上でのヒントとなる一行を、詩の中に求めている。教えられ、勇気づけられ、そうして、久方ぶりの雨に濡れる草のように、慰められることを――。私自身、素朴な読者でいる時間のほうが多いので、はっきりそう言うことができる。

女学生の頃私に詩の手ほどきをしてくださった西條八十先生は、「読み六、書き四、でよい」とよくおっしゃった。その割り合いがいっぽうに傾いて、今の私は「読み九、書き一」になっている。それも、古今東西の名詩ばかり、というわけにはいかなくて、毎日送られてくる自費出版の詩集や、新聞雑誌の投稿詩がその大半を占めている。投稿詩の選をする時も、私の中には相変らず素朴な読者が居すわっていて、私自身が生きていく上での指標を、熱烈に求めている。彼女――と他者呼ばわりをするが、彼女の欲張りがエネルギーになって、私に、厖大な量の応募作品に立ち向かわせてくれているのだと思う。

では、書き手の側に回って詩作をする時に、読者の求めに応じ得る言葉をちりばめているかといえば、そうではないのだから恥ずかしい。私の詩はほとんど〈問いかけ〉の詩であることに最近気づかされた。答えが欲しい、欲しいと、言葉には出さないけれど、駄々っ子のように地団太を踏んでいる。高い梢の実をもぎとろうと、手をさしのべている。

その一例がこの作品。〈人生って　何ですか〉〈愛って　何ですか〉〈幸福って　何ですか〉。

随分長く生きてきた筈なのに、私にはまだ何ひとつわかっていない。どこからか啓示の声がひびいてくるのを、切ないほどに待ちのぞんでいる。答えてくれるのは、べつに、全知全能の神でなくともよい。紙袋をさげたホームレスの男でも、空を吹いて行く風でも、木の枝に巣をかける野鳥でも、道ばたの草の根っこでも――。そうして多くの場合、私の詩の中での〈問いかけ〉に答えてくれるのは、そうした後者たちなのだ。

結婚よりもデリケート

はね橋

明けがたの
浅い眠りのなか
夢ともつかず　うつつともつかず

まぶたの裏のはるか彼方で
音もなく　ゆっくりとあがる
はね橋がある

ふしぎだ
つい先頃までは
踏切りの遮断機のようなものが
目の前にガシャと降りてきて
血の色をしたシグナルが
目まぐるしく点滅し
警報器がやかましく鳴りたてていたのに

橋の下には流れがあって
エンジンの音をのどかに響かせながら
通ってゆく川船もあるのだろう

いずこへ通じる水路なのか
空も水も
眠たげな春の霞にぼかされていて
杳として見きわめがたいが

お通り　すきな時にお通り
というように
遠い所で　今朝も
ゆっくりと　音もなく
はね橋があがる

指揮者で作曲家の石丸寛さんからひさびさにお電話を頂いた。ＮＨＫ総合ＴＶに「あなたのメロディー」という番組があった時代、石丸さんとはよく審査員席に並んで坐った。地方都市での公開放送にも幾度かご一緒した。内幸町時代だから、ふた昔あまりも以前のことになる。

「大阪に音響効果抜群のホールがありましてね、年末のコンサートのために、今あなたの〝はね橋〟を作曲しているの。それで、いつかみたいに、組曲風に仕上げようと……」

これも大分昔のことになるが、私の〝誕生〟と〝某月某日〟を、石丸さんは、それこそ、大のつく合唱曲に仕立ててくださったのだった。

〈赤んぼうはさかさに吊るされいとも奇怪な産声をあげた／〈坊や〉と彼女は落着いた声でつぶやいた／〈生といっしょにおまえはなにを連れて来たの？　おばかさんねえ〉／つづいておこる後産の苦しみに耐えながら／彼女はひっそりとつめたい涙をひとすじ流した〉（「某月某日」部分）

といった調子の、意識してずらずら叙述スタイルをとった詩で、一体これに曲がつくものだろうかと、驚愕したことを憶えている。石丸さんという方は詩に対してたいそう誠実な人で、たった一語動かすことのために拙宅までわざわざ相談に見え、私を恐縮させ、感激させた。

以後詩を書く時に私は、この時のことをよく思い出すようになった。作曲される場合をつねに考慮して作詩しているわけではないが、言葉への礼節のようなものを、私は石丸さんに、この時教えられた気がする。

「今度もね、ダイナミックというかドラマティックというか、前後の曲をそういうものにしたいんですよ」

さあ、困った。私の詩にそのような作品があるかどうか。音楽と詩との出会い――というのは、結婚よりもデリケートで、難しい。読んで選んで頂くほかはない。早速詩集をお送りする約束をして、受話器を置く。

創る喜びのために

火へのオード3

たいまつをかざして
あのひとは走ってくるのでしょうか
わたしの中を駆け抜けるとき

わたしのうちらがあかあかと明るくなるのは

わたしが歴史を読んだのは
その火のあかりによってです
世界のひびきを聞きとったのも
その火のはぜる音によって

それよりなにより
火はわたしに　つぶさに見せてくれました
ほかならぬわたし自身をてらし出して
わたしの在処《ありど》　わたしのありようを

ながぁい　　くらぁい
トンネルなのでした　わたしは
あのひとは回送電車のよう　からっぽになって

夜あけの野を遠ざかります

わたしは一緒に駆け抜けて
眩しいそとへ　出てゆくような気がします
ヘビが春　新しくなるとき
自分の中をすっかり通ってゆくように

はるかな森の火の泉から
あのひとはその火を運んでくるのです
毎夜飽かずに火をかざして
まっしぐらにわたしのところへくるのです

石丸寛さんが、どのようなコンサートのために私の詩を必要としておられるのか、くわしくは知らないままに、幾冊かの詩集をお送りしたことは、前号に書いた。のんき過ぎる話に聞えるかも知れないが、そういう性格のコンサートならこの詩を、とこちらで選んで提出してみても、必ずしも、よい結果が得られるとは限らない。結婚の場合と同様、縁談が持ち上ったこの段階で、いっぽうがあまり身を乗り出し過ぎると、いっぽうは気分が萎えて、引き退りたくなる――ということがある。私の詩集の中で、これまで歌曲になった作品のほとんどは、完成はしないまでも、目鼻がついた時点で、その作曲家からお知らせを受けている。取りかかる前に、あなたのこの詩に作曲をしたい、などと申し出て約束をしたら、その瞬間から、その詩に曲を付けることが義務になってしまい、世の中にまだ無いものを創作するときの、ひそかな営為のあの喜びは、半減してしまう。詩人もそうだが、音の世界に住む人はさらにデリケートで、それゆえに報告が遅くなるのだと、私は解釈している。

――あなたの詩集を今熱心に読んでいる。読んでいると涙が出てきてしまって、なかなか仕事に取りかかれない――という絵葉書が、しばらくして石丸さんから届いた。作曲意欲をかり立てられる詩との出会いは無かった、ということなのだろう。優しい断り方をなさるものだ、と感心していると、又半月ほどして、今度は弾んだ声で、電話をかけてこられた。すでに作曲のできている「はね橋」に加えて、「やがて五月」という詩と、もうひとつ、とても感動して作曲しました、といってくださったのが、上掲の詩。

コンサートには私もいそいそ出かけて行った。同志社大学グリークラブの定期演奏会であった。私はこの詩が、作曲家にも、八十名余りの男声メンバーにもよく理解され受け容れられて、ホールいっぱいに響くのを、初対面の人と向き合うみたいに、ドキドキしながら聴いたのだった。

やがて五月

やさしい歌をうたってあげよう
疲れた男たち　年老いたひとたち　子どもたち
鉄と　コンクリイトの帯《おび》で
街が　がんじがらめに縛られようと
帰っていく家の窓には息づく灯《ひ》があり
女たちにはまだ　あたたかいくちびるがあると

やさしい歌をうたってあげよう
鳥たち　魚《さかな》たち　うすい翅もつ昆虫たち
日に日に　立ち並ぶ高層建築が
スモッグの空にするどくつき刺さろうと
かなたには　さざめきながら流れる川があり

みどりのいのちを噴《ふ》きあげる大地があると
やさしい歌をうたってあげよう
森かげのシダたち　木たち　花々たち
暗い季節は　いつでも少しばかり長すぎ
光の郵便はいつでも遅配がちだが
天の深みには〈時〉の車を繰る大いなる手があり
かがやかに美しい月　五月をことしももたらすと

井の中の蛙

犬

ひとりでいるとき

わたしは部屋中いっぱいになる
火をつけると
わたしが爆ぜる　書棚の前で　椅子のむこうで

ひとりでいるとき
世界はわたしのとりこにすぎないのではないか?
だまって坐っているだけで
わたしは熟した果実のように豊饒だ

だが
時間が弦《ゆみづる》のようにたわむと
とたんにわたしははじき出される
わたしのそとへ　つまり天下の大通りへ
夜の内部へ靴を忘れるくせがあるので

ひるま　いつでもわたしは跣足だった
するとパン屋はこわい眼つきで
「お銭《あし》は持っていますかね？」
あけがた早々
わたしを更に
ひとまわり小さいわたしへ追い込むのだ

私の第一詩集『睡り椅子』（1953）に寄せてくださった西條八十先生の序文の中に、次のようなくだりがある。序文というのは、褒めあげて世に送り出す、いわば後押しの役目をになった文章だから、額面通り著者が受けとっていい気になったらそれこそ笑いものだけれど、当っているふしも無くはないので、その部分を引用させて頂くことにする。

――初めて見たころのこのひとの作品は、いかにも少女らしい感情をのびのびと盛つた、言葉数の少い、そして調子のよいリードであつた。わたしは若さに似合はぬ語彙の豊富さと、言葉の駆使の自在さに驚くと同時に、おそらくこのひとは作曲される詩の方向に大きく伸びるのではないかと考へた。――

西條八十といえば、象徴派の詩人としてよりは、大衆歌謡の作詩者としての名のほうがはるかに高い。その詩人から手ほどきを受けたからには、歌謡界に赴くのが、あるいは順当なコースであったかも知れない。大手プロダクションからの誘いも再三あった。

だが、第一詩集を出した直後、私の前に突然見えてきたのは、歌の要素をいっさい振り払った、いわゆる現代詩の世界だった。

今でこそ、いわゆると、カッコつきのような呼び方をするけれども、一九五〇年代の先端的詩人たちの現代詩意識は相当なもので、象徴詩派の、サロン的雰囲気のグループで詩を書いていた〈井の中の蛙〉は、正直いって途方に暮れた。自在な舞踊を見せていた言葉たちが、がんじがらめに縛りあげられ、そのまま凍結してゆくようだった。

もう、歌えない。歌ってなどいられる時代じゃないんだ、ということも、遅蒔きながら納得できた。これから何を、どのように書いてゆけばよいのか。上掲の詩は、そのような時期に書いた作品のひとつ。

ひとりで部屋に籠って、読書をしたり夢想したりしているのが好きな気質は、これはもう直しようがなかったが、社会を（世間を、というほどのものだったろう）覗き見ようとして、首を出したりひっこめたりしている、いじけた〈わたし〉が後半には描き出されている。それでも微かながら、現実を認識しはじめた形跡を、嗅ぎとっては貰えるだろう。

しかし、このような詩にでも、現代の作曲家たちは、苦もなく旋律を与え、歌えるように処理するだろう。私が詩を書きはじめた頃の詩人たちが考えていた〈歌〉なるものとは、明らかに異質の〈歌〉を、新しい時代の作曲家諸氏は、詩に音楽に、求めておられるからである。

街を歩いている時に

ひといろ足りない虹のように
おさえていてください
しっかり　つかまえていてください
つばさある鳥ではないけれど　わたしは

風のようにとりとめがないの　水のように
たよりないの　ゆれているの　愛がなければ
消えてしまうかも知れません
空のすみっこにかかった　ひといろ足りない虹のように

名付けてください
呼んでください　みち潮のこの渚で
いとしいおまえ　愛するものはこの世でおまえだけ　と
愛されていれば　わたしはゆたかな海
きらめく波を胸にちりばめ
あなたにあげる　どっさりのお魚
どっさりの真珠　どっさりの夢

コンサート・ホールではなく、街を歩いている時に、自分の詩が好もしいメロディーに乗って、聞えてきたらどんなにいいだろう。江間章子さんの「夏の思い出」ほどでなくても、生涯に一曲くらい、そういう歌を持ちたいものだ。正直のところ、そう思う。自分の詩がいきいきと息づいているその現場の、かたわらを通り過ぎてみたいのだ。あら、いい歌ね、誰の作詩かしら――と、傍目にはそう見える、涼しげな表情で。

一度だけ、あった。だいぶ以前の話になるけれど、それ以後には無いのだから仕方がない。渋谷の某デパートの、オーディオ売場を通り抜けようとしていた時のことだった。どのあたりかのプレイヤーにかけられているらしい音盤の、曲が流れていて、女性歌手がうたうフレーズに聞き覚えが――というよりまさしく、それは私の詩なのだった。はずかしさとも、晴れがましさとも、いわく言いがたい感情が、掘りたての井戸水みたいに涌くのを感じた。

声は山口百恵さんだった。CBSソニーが彼女の成人を記念して制作したLP盤で、中に一曲、私の詩が入っている。上掲の詩がそれで、ちょうどそのパートにさしかかった時に、私が通り合わせたのだった。

「わたしを束ねないで」という詩が私にはある。担当のディレクターは最初その詩を希望した。中学校の国語教科書に入っており、シンガーソングライターの吉岡しげ美さんも歌っていて、すでに音盤が出ているがそれでよいのなら、と私は答えた。それにしてもなぜ「わたしを束ねないで」みたいな詩を？　と質問すると、「ちょっとムツカシイ、と思われる詩を歌わせると、百恵ちゃんが一所懸命背伸びをして歌う。すると若さが出るんです」たいそう興味深い答えが返ってきた。なるほど、詩を書く時も、手ごわい主題に背伸びをして取り組んだほうが、切実感が出るのにちがいない。

ところで「わたしを……」は、教科書にのっている詩はそっとして置いたほうが——という意見が作曲家氏の側から出て、結果的には上掲の詩が収録されることになったのだった。じつは、硬派の方々のヒンシュクを買いそうなこのような詩も、ひそかに気に入っているやくざな部分が、私にはある。現代詩に目覚めたばかりの頃には書かなかった詩だが四十歳代にはたくさん書いた。当時は少女雑誌や若い女性向けの雑誌がいくつも出ていて、求められたからでもあった。

母をうたう時に

亡き母に

白い椿に呼びかけてみる
——おかあさん
睡蓮の花に呼びかけてみる
——おかあさん
芙蓉が咲けば　芙蓉の花に
紫苑が咲けば　紫苑の花に
——おかあさん
おかあさん

どこにも姿が見えなくなって
そうしていまは

どこにでもいる　おかあさん

野を吹く風にも　――おかあさん
葉ずえの露にも　――おかあさん
ちいさな虫にも　蝶々《ちょうちょ》にも
空ゆく雲にも　――おかあさん

心のよわい娘になって
あなたのおそばにわたしはいます
あしたにゆうべに
　　――おかあさん
　　　おかあさん

一九七四年三月一日に、母は死んだ。知らせを受けて、すぐさま息子の運転する車で東北縦断高速道路を突っ走った。覚悟はしていたことであったが、涙がとめどなく溢れ出て頰を伝った。人前では涙を見せたことのない私がそのように泣くのを、傍らにして、息子は言葉をうしなっている様子だった。私自身が、そういう自分に自分で驚いている始末であったから、息子が呆然とするのも無理のない話だった。母の死とはこういうことかと、当時はまだ若かった息子も認識したにちがいない。

　母はしばらく私の家の近くの病院に入院していたが、回復の見込みの無いことに焦れて、自分の家で死にたいと言い出した。栃木県小山市の郊外に小じんまりした家を建てて、数年前から母はそこで明け暮れを送っていたのだった。隣りには一番可愛がっていた末息子の家があったので、母にとってはどこよりもそこが安らぎの場所であったのだと思う。

　母は白布で顔を蔽われ、座敷に横たわっていたが、それは母ではなかった。母に似た物体に過ぎなかった。母はどこにもいなかった。台所にもお手洗いにも、箪笥の中にも、庭先にも……。

　あれは、何という喪失感だったことだろう。母というものがかけがえのない存在だったことを、失ってみてはじめて私は知ったのだった。

　その迂闊さが許せなくて、母を亡くした悲しみに幾層倍もの苦痛が加わった。しばらくの間、母をモチーフにして詩を書くことも、私には出来なかった。

　どこにもいなくなった母が、やがて、どこにでもいる存在として考えられるようになったのは、母がたぶん、あの世から私に贈ってくれた、許容《ゆるし》のひとつなのだと思う。

「死んだらね、あの花にも、この花にも止っていたいわ」

花好きな母が、元気だった頃、冗談のように、そう言っていたことを思い出す。

この詩は、私にしては珍しく苦労をせずに書けた。古いリズムや感傷を詩に持ち込むべからず、などと、理屈っぽい考えに捉われず、文字通り素直ないい娘になって、書いたからだろう。

作曲は中田喜直さん。「新しい詩と音楽の会」の演奏会でその年の秋に発表された。

型破りな校歌づくり

Ⅲ　ほかならぬわたしの花を
うつくしい花を
咲かせなければと　思います

ほかならぬわたしの名前で呼ばれる花を

ちちははの愛に守られ
わたしはまだ夢みるつぼみ
花ひらくときは
この世ではじめて奏でられる歌でありたい

光る風の中
ゆたかに流れる水のほとり
呼んでいます　呼んでいます
たくさんの声が　わたしを

うつくしい花を
咲かせなければと　思います
ほかならぬわたしの名前で呼ばれる花を

東京・九段、冬青木《もちのき》坂の上にあるY女子中学校が、創立百周年を期して校歌を新しくしたいとのことで、作詩を依頼してきた。校歌というのは、たいていモチーフがきまっていて、その土地の自然環境や、校訓・校風などを盛り込む。それはまあよいのだけれど、一番、二番三番と、同じメロディーで歌うためには、各連の細部にわたってフレーズのアクセントを合わせなければならない。字句ばかりでなく意味にも強弱高低があるから、たとえば一番の三行目が精神の高揚をうたい上げたものであったら、二番三番の三行目も、それに見合ったものでなければならない。高揚した曲がすでに付いているので、重く、静かな詩句を置いては、まずいのである。

ごく初歩的な約束ごとで、作詞畠の方たちは難なくこなしておられるのだけれども、何ひとつ制約のない、いわゆる自由詩の世界で長年書いてきた者には、これが簡単にいかない。おまけに私は無アクセント地帯の北関東で生れて育っているので、一語一語、アクセント辞典と首っ引きで、という苦闘を展開する仕儀となる。校歌の作詩はいくつかしているけれど、出来不出来のほどは自分にはまったく解らない。なるべくなら辞退したい仕事なのだと正直にこちらの事情を打ち明けた。

すると、じつに大らかな答えが返ってきた。こちらが希んでいるのは、校歌の概念にとらわれない校歌。もちろん一番二番三番と調えなくてよい。自由詩のかたちで書いてくれてよく、場合によっては学校名を省いてくれても構わない、というのである。ただし、中学校低学年にも理解できる平明な言葉を用いて欲しいこと。海外へもはばたく、グローバルな精神的要素をどこかへ入れて欲しいこと。出された条件はその二つだけなのだった。

校名を入れるに及ばず。よその場所で使われること大いに結構。という学校側の鷹揚さには驚かされた。それから発表会は、何分にも歴史が古く、卒業生を招くと講堂では収容しきれないので、近くの武道館を借り、オーケストラを使って行いたいという。私立の学校でなくては描けぬ壮大な構想に、またまた驚愕した。

型破りな発表会のことも念頭に入れて、四つのパートに分けた作詩を試みることにした。Ⅰはセレモニー用。Ⅱは友情、Ⅲは自立、Ⅳは人種を超えた文化交流、それぞれをテーマに、自由詩スタイルで。発表会以後は、時と場合に応じ、生徒のリクエストも入れるなどして、今日はⅠで、ここではⅢを、という用い方を。

作曲は、NHK合唱コンクール・中学校の部の作品でコンビだった飯沼信義さんに引き受けていただくことにした。私の詩「名づけられた葉」が、やはり飯沼さんの作曲で、今、各地の中学校で愛唱されているからである。オーケストラ用にも譜面づくりをしなければならないのだから、目下飯沼さんは、たかが校歌――では済まされない苦労をしておられる筈だ。

上掲の詩は、そのⅢ用のもの。

一作ごとに初心

橋をわたる時

向う岸には
いい村がありそうです
心のやさしい人が
待っていてくれそうです
のどかに牛が啼いて
れんげ畠は

いつでも花ざかりのようです
いいことがありそうです
ひとりでに微笑まれて来ます
何だか　こう
急ぎ足になります

「文芸せたがや」が届いた。世田谷区民の作品を対象にした世田谷文学賞（詩／短歌／俳句／川柳／小説／随筆／童話／シナリオ各部門）の発表を主体に、年一回、世田谷文学館が編集・発行している雑誌である。十五周年記念号の特集として、この区に在住する文学者数人を探訪しており、私も受けた一人。私の場合は、道路を隔てた前のお宅の、ケヤキの大樹何本かにひき寄せられて、二十年ほど前、山手線沿いの町から引越してきたのだった。ケヤキの木は枯れたり丸坊主にされたりして、今は見る影もない。戦前は黒塗りの車が週に一、二度通るだけだったという前の通りも、車がひっきりなしに往来するようになって、排気ガスに弱いケヤキは、真っ先にやられてしまった。ウバメガシという木が公害に強いらしく、この頃はあちこちの街路樹に採用されているが、老婆の高利貸しみたいな名前をつけられた木が、気の毒でならない。これは余談。さて誌上では、質問を受けて、私が答えている。

「自分の詩を創る時間は、お余りみたいな時間しかありません。夜ベッドに入ってから、枕元に置いたノートに、ふっと考えが浮ぶと書き留めるというように、女学生の頃とあまり変っていないんですよ」

答えたあとで、少しカマトトだったかしらと内心反省したのだけれど、こうして活字になったのを読み返してみると、やはりそうよね、女学生の頃と少しも変っていない、と改めて思う。朝から机に向い、詩ばかり書いているなんて、どう考えても不健康で気味が悪い。普通の生活者としての一日を終えたあとの、お余りみたいな時間でそれで十分なのだ。時間のことより、詩に向う気持ちのことを言っているのであって、一篇の詩として成り立つ前の、混沌とした状態の素稿と向き合う時に味わう、あのわくわくどきどきした気持は、詩を書きはじめの頃と、少しも変っていないのだ。

「橋をわたる時」というこの詩は、たしか十三歳の頃に書いたもので、七五調育ちの私が、こうした文体の詩を書くことは、当時の私にとっては珍しいことなのだった。栃木県の小山市に叔母が嫁いでおり、春休みや夏休みに、幾日も泊りがけで遊びに行くのがたのしみだった。家の裏手に「思い川」という名の川が流れていて、その名を口にしただけで、こちらの思いも溢れるようになるのが不思議だった。岸から岸まで水は豊かに満ちていて、急ぐようすもなく、悠悠と流れて行く。

広い川幅を跨いで、近代的な橋が架かったのは、昭和何年のことだっただろう。ひとりで渡るのは心細く、ついに渡らずじまいだったが、向う岸にはどんな村があり、どんな人たちが住んでいるのだろうと、川辺に佇んで、思い描いた。

遠く行きたい　ためらわず
行けないことは　ないものを

その頃愛読していた本の一つ、ビョルンソンの山岳小説『アルネ』には、アルネという名の少年が出てきて、連なる峯を眺めながら、そう歌う。けれども私は、流れる水を眺め、橋を眺めて、まだ見ぬ土地に憧れたのだった。

渡りもしないのに渡ったようにまとめていて、今思えば小ざかしいが、たぶん、ありのままに書いても詩にはならないこと、大袈裟に言えば創作意識のようなものに、目覚めはじめていたのかも知れない。しかし心は確実に渡って行ったのであり、この詩を読み返すと、いつでも〈ひとりでに微笑まれて〉くる。

「歌」、と呼ぶより他には…

歌

森の奥では死んだ子が
螢のやうに蹲《しゃが》んでる——中原中也

生きている子どもたちを
光のなかで跳《は》ねさせているのは
闇のなかの
死んだ子どもたちです

生きている子どもたちを
ベッドの上でむずからせているのは
つめたい川を流れてゆく
生れなかった子どもたちです

生きている子どもたちの
目方をふやし　背丈をのばしてゆくのは
死んだ子どもや　生れなかった子どもたちが
使わずにたくわえている月日です

おやすみ
おやすみ
おかあさんは　子守歌をうたう
世界じゅうの　屋根の下で

目に見える子どもも　見えない子どもたちも
同じ腕に　抱き寄せて
どんなちいさな耳にもとどく
　優しい声で

「歌」という題の詩が、私には三つある。一つは本誌（1994・5）でもお目にかけた、〈南イタリア／オリーブ畑の上に出ている／月よ〉という書き出しの詩。一つは〈はじめての子を持ったとき〉にはじまる詩。もう一つが、今号のこの詩。

「歌」という詩を使用したいのですが、と出版社や作曲家からの申し出が幾度かあり、その都度、どういう書き出しの「歌」でしょうか、と聞き返さねばならなかった。そうした結果になることを、制作の時点で考えなかったわけではない。あれこれべつの題名を付けてみた筈なのだが、しかしどうしても、「歌」でなければいけなかった。考えに考え、煮つめに煮つめた末に、鍋の底に凝《こご》ったものが「歌」の一語で、これはもう動かしようがないのだった。

散文ではなく、詩という器《うつわ》に感情や思惟を注ぐことをなりわいとしている私が、注ぎいれた器をかかげて、歌、あるいはさらにやわらかく、うた、とおずおず呟く時、何者かに対して、捧げる、讃える、お礼をいう――といった、たいそう謙虚でしかも至福にみちた自分になっていることに、気づく。

歌、うた、としか呼びようのないものを、詩歌の原点、純粋エキスと思いこんでいるところが、私にはあるのだろう。この作品に即していえば、〈世界じゅうの屋根の下〉でうたう、ひとりひとりのおかあさんの〈子守歌〉がそれなのであって、作者である私は、母性のもつ慈愛の恩恵にあずかったに過ぎない。

何者かに対して、と前に書いたが、再びこの詩に即していえば、〈つめたい川を流れてゆく／生れなかった子どもたち〉のちいさな耳にもとどく、優しい声で子守歌をうたう、〈おかあさん〉が、それだ。神に対して――といいたいけれど、この言葉は何やら眩し過ぎる。

ある年の旧盆の頃、埼玉県の農村地帯の畦道を歩いている時、小さな墓を目にしたのだった。道ばたに、近くの川原から拾ってきたものと覚しい玉石を置いただけのもので、その前に、農家の庭先でよく見かけるおいらん草をさした牛乳びんが供えてなかったら、墓と気づかずに通り過ぎたことだろう。

水子の墓だ、と直観して、さりげなく蹲んで手を合わせた。家々の戸がまだ開かぬ未明にきて、ひそかに花を供えていった若いおかあさんが、村落のどの屋根の下かにいるのだった。

歌

はじめての子を持ったとき
女のくちびるから
ひとりでに洩れだす歌は
この世でいちばん優しい歌だ
それは　遠くで
荒れて逆立っている　海のたてがみをも
おだやかに宥《なだ》めてしまう
星々を　うなずかせ
旅びとを　振りかえらせ
風にも忘れられた　さびしい谷間の
痩せたリンゴの木の枝にも
あかい　灯《ひ》をともす
おお　そうでなくて
なんで子どもが育つだろう
この　いたいけな
無防備なものが

骨で書く詩人と…

鬼ごっこ

「あなたは霧?　風?　それともけむり?」
苦しまぎれに呼びかけると
遠くのほうから
あのひとの声がかえって来た
「あなたは霧?　風?　それともけむり?」

なんという　間の抜けた
さびしい鬼ごっこ!
わたしたちはどちらも目隠しをして
相手をつかまえようと
漠漠とした霧の中に

手ばかりむなしく泳がせているのだった

「あなたが　いっぽんの木であればいい
そうすれば　つかまって泣くことも出来るのに！」
苦しまぎれに呼びかけると
じきそばで
あのひとの声がした
「あなたがいっぽんの木であればいい
そうすれば伐り倒すことも出来るのに！」

この夏、群馬県・前橋市で開催された世界詩人会議で知遇を得た、中国の代表的詩人牛漢氏が、手紙と一緒に「外国文芸」（上海出版）という雑誌の、とある頁のコピーを送ってくださった。誌名に覚えがあるので、それが発行された一九九五年春、掲載誌として私も送付を受けているのかも知れない。でも内容は記憶になくて、自分の名がそこにあることに吃驚した。日本の詩人の特集でもしたらしく、名前のあとに私についての数行の紹介記事があり、

「捉迷蔵」と題して詩が一篇収録されている。私には中国語は読めないが、組まれた漢字を眺めると、どうやら原詩は「鬼ごっこ」という作品らしい。まあ、あの牛漢さんが、こんなふんぎりの悪い男と女をモチーフにした詩に興味を持たれたのかしらと、しっかりした骨格をもつ偉丈夫の詩人の姿を思い浮かべた。「私は詩を、おのれの骨で書く」という意味の基調講演をされ、それに大感動をした私は、牛漢氏と数年前から交流のある財部鳥子さんを介して、その意を伝えたのだった。一ヵ月後、財部さん気付で送られてきたその手紙には、面映ゆいかぎりだけれど、「あなたは私が久しく欽慕していた詩人です」とあり、詩についても、こう評してくださっている。「この小さな詩の意味は広く、言葉は力を具有し、衝撃を魂に与えます。比喩は非常に奇特であり、忘れがたい。日本語で朗読すればとてもリズミカルだと思いますが、残念ながら訳文からほぼその雰囲気をつかむのみです」。

牛漢氏の、強いられた重労働の跡と思われる傷のある手、七十代の男性の手とはとても思えぬつよい握力と温かみが、その作品「汗血馬」の一節とともに、また鮮やかに蘇ってきた。

千里のゴビを駆け抜けてはじめて河の流れがあり
千里の砂漠を駆け抜けてはじめて草原がある

（是永 駿訳）

さまざまな苦難を乗り越え、骨を削って詩を書きつづけてきた詩人が、目にとめてくださった小詩を、今号はお読み頂いた。

代理母

赤ちゃんに寄す

うす紅いろの小さな爪
こんなに可愛い貝がらが
どこかの海辺に落ちていたらば
おしえてください

光る産毛　柔らかな髪

こんなに優雅な青草が
はえている野原があったら
そこはきっと神さまの庭です

赤ちゃんのすべて
未完成のままに
これほど完璧なものが
ほかにあったら
見せてください

■

〈わたしが生んだ！〉
どんな詩人の百行も
どんな役者の名台詞も
このひとことには

適いますまい

吾子よ
おまえを抱きしめて
〈わたしが生んだ！〉
とつぶやく時――

世界じゅうの果物たちが
いちどきに実る
熟した豆が
いちどきにはぜる

この充実感
この幸福《しあわせ》

萬屋錦之介さんが死んだ。さん付けで呼ぶほど、この時代劇大スターと親交があったわけではないけれど、縁もゆかりも無い人――とは思えぬ気持が、長年の間に私の中に育ってきている。それは、今でもよくあちこちで取りあげられるこの詩の〈赤ちゃん〉の父親が、ほかならぬ錦之介さんだからである。

第三詩集『ひとつの夏　たくさんの夏』（1963）にも収録してあるので、わが子をモチーフにした一連の詩のうちの一つ、と読まれることが多い。若しそうだったらコトはややこしくなるが、私はいわば代理母、作中の〈わたし〉は、世間も知るように、淡路恵子さんなのである。

一九六一年の、たしか二、三月頃だったと思う。某婦人雑誌が一枚の写真を持ってきた。錦之介さんとの間にもうけた赤ちゃんを抱いて、幸せいっぱいの淡路恵子さんの写真だった。

グラビア頁を飾りたいので、赤ちゃん礼賛の詩をつけよという。私の息子はすでに五歳になっており、白いビニールの風呂敷をマント代りに羽織っては、月光仮面気取りで高い所から飛び下りたり家じゅう駆け回ったりするので、いい加減ヘキエキしていたところだったから、若く美しいお母さんの腕の中に、ちんまり納っている花のような赤ちゃんに、たちまち魅了された。

そう言えばうちの子にも、このような時期はあったのである。小さな鼻、小さな口もと、一日じゅう見とれていても、見飽きなかった。夕方夫が帰ってきて、ベビー・サークルを覗きこむ。「お帰りなさい」とその顔を見上げ、ギャッと声を挙げそうになった事もあった。げじげじ眉毛。ほら穴みたいな鼻の穴。分厚い唇。これは怪獣ではないか。赤んぼうの顔ばかり眺めて暮していると、大人の顔は、まさに怪獣そのものだ。

電車の中で、よその赤ちゃんの澄んだ目にじっと見詰められて、魂を見すかされたように恥ずかしい思いをしたことがある。顔ばかりでなく人間は、いつの間にこんなに汚れてしまうんだろう。

この詩は、出産・育児の体験が私にあるところから、すらすら書けたが、私自身の詩として読まれるとなると、いささか忸怩《じくじ》たらざるを得ない。〈わたしが生んだ！〉と誇らかに叫びたい歓びはたしかに体験したとしても、手放しで〈この充実感／この幸福〉とは書かせない現代詩意識が当時の私にはあって、子供をモチーフにした私自身の他のいくつかの詩は、もっと屈折しているからである。

ところで錦之介さんには、交通事故死した令息があることを、今回はじめて知った。もしや、この詩のモデルの赤ちゃんでは？　ふとそう思い、胸が痛んだ。

スポーツの詩

栄光と敗北のためのブルース

男が二人
リングの上で
世界を賭け合っている
ジャブ　ジャブ　ジャブ　ジャブ
フック　フック　フック　フック

恋のためか？　ノン
金のためか？　ノン

ともあれ　あがっちゃったのさ
あがらせられちゃったのさ

この四角い枠の中
どうやって降りてゆく?
世界の皮をひっぺがして
旗にして降りてゆく
ジャブ　アッパー　フック

どよめく観衆
そそがれる世界じゅうの目　目　目
だが　二人にとっては　荒野も同様
血が　筋肉が　骨が
孤独な咆哮をあげる
フック　フック　ストレート

攻めるもののかなしさと
攻められるもののかなしさが

ひとつになって
二人はたたかっているというよりも
むしろ
愛し合っているかに見える
熱狂する観衆の
声もとどかない　はるかな場所で

ドイツ新即物主義の詩人ヨアヒム・リンゲルナッツに『体操詩集』があり、日本にも、村野四郎に同題の詩集がある。村野四郎の、主知的で簡潔きわまりない表現のみごとさもさることながら、鉄亜鈴や棒高飛、飛込、槍投など、スポーツを題材に選んだということの斬新さに、詩を書きはじめたばかりの私は目を瞠ったものだ。

小学生の頃から体操が苦手で、その時間には、校庭のセンダンの木の下にポツンと立ち、見学することがならわしだった私は、スポーツ選手とそれを愛好する人々に対して、先天的と言いたいくらいの劣等感を、長じてからも持ちつづけていた。スポーツが詩になるなど、考えられないことだった。

そういう女詩人に、スポーツのうちでも最過激なボクシングを見せたら、どんな反応を示すだろうかと、某スポーツ紙がとっぴなことを考えた。一九六四年早春のことで、ミドル級の、ラモス×関のタイトル・マッチがそれである。スポーツは苦手であっても、何事によらず、好奇心は人一倍旺盛であったから、私は二つ返事でホイホイと試合場について行った。

世界じゅうが注目しているタイトル・マッチであるらしく、他の大新聞でも観戦記を書かせるべく、それぞれにライターを用意していた。三島由紀夫氏や谷川俊太郎さんの顔も見えた。どう見ても、どう考えても、私は場ちがいな人種だった。

「ビビることはありません。ウチは、他社とはひと味ちがう観戦詩を、ボクシングははじめてという新川さんに、期待しているんですから」

と付添いの記者さんに叱咤激励され、緊張のために顔をひきつらせて、私はリング上の二人を見守った。

ゴングが鳴り、いよいよ試合開始である。「血を見ることもありますからね」卒倒でもされたら厄介と、前もって記者さんは耳打ちしてくれてはいたが、黒いラビットと呼ばれるラモスと同胞関との選手権争いは、そんな血なまぐさいものではなく、私を感動させて余りあるものだったのである。

なにがブルースであるのか、今もって作者自身にもわからないが、とにかくこのような詩ができて、三月一日付のＳスポーツ紙に掲載された。終連がいいと他紙のコラムにとりあげられるなど、私としては、じつに不思議な体験をした。

水泳、スケート、ハイ・ジャンプ、野球、サッカー、ラグビーｅｔｃ、そのあとも中学生雑誌や新聞で、書く機会がたびたびあった。ペンで〈いい汗〉を流させて頂いたことになる。

夢体験から生れた詩

けさの目覚め

佐《さ》庭《にわ》啓《けい》吾《ご》が死んだよ
文学仲間のひとりが新聞を持ってやってきて
訃報欄を示して言う

きみ行かなくていいの？　とくべつな間柄なんだろ？
おろおろ　取りみだし
でもわたし　やっぱり行けない
自分の嗚咽で目が覚めたが

朝の光の中に起きかえってみると
そのような人は　まったく心あたりも無い
しかしその名は一画一画　今しがた受けた手術の
縫合の針跡みたいになまなましく胸にのこっていて
新聞をひろげる音や
印刷インクのにおいまでまだ漂っていて

佐庭啓吾　その人とのかかわりのほうが
かりそめならぬわたしの人生だったのではないかと
次第にわたしは思いはじめている

長い歳月　現実と思いさだめていた暮しが
夢であった——そのような事も
あるいはあるのかも知れない
わたしは見回す
この寝台も夢　壁の時計も　机も椅子も書棚も夢
夢のキャベツを刻むキッチンへと
通じているあのドアも夢…

よく夢をみる。ある晩などは（朝、というほうが正確かもしれない。体験上おおかたの夢は、目覚めの一瞬に集中して心のスクリーンに映写されている）夢のなかで、かなり満足のゆくソネットが一篇出来上った。頭の一部は覚めていて、起きて書きとめて置いたほうがよいのではないか、としきりに促す。その必要は無いわ。こんなに完璧に出来上っていて、各行の詩句もしっかり銘記しているのだもの、忘れるなんてあり得ない……。

ところで翌朝、身仕舞いを済ませて机に向ってみると、無残！　書き出しの一行も浮んでこない。せめて一語なりと思い出せれば、それを取っ掛りにして、徐々に全貌を明らかにすることが出来るのだが……。快心の作だったので、諦めがつかない。ベッドのそばに戻ってみればあるいは蘇るかも知れないと、わざわざ二階の寝室まで上っていって、うろうろとベッドの周りをうろつき回る。毛布の下に手をさし入れて、探ってみる。

「ヘア・ピンが一本、見つかっただけなのよ」

と後日、やはり詩を書く友人に未練がましく訴えると、

「はっは。それ、いいじゃない。それを書くと、ユーモラスな詩になるよ」

と笑いとばされてしまった。

何年か経った今でも、あの時起きて書きとめて置かなかったことを、悔やんでいるのである。森をモチーフにして（それだけは記憶にある）、あんなに首尾のととのったみごとな詩は、あとにも先にも、書けたためしが無いのである。

上掲の詩も、ある朝の覚め際の夢がモチーフになっている。前述の夢とちがって、この夢は覚めてからも、なまなましい記憶を私の胸に残した。どうしてこんな夢をみたものか。

私の夢にはしばしば見知らぬ人が登場する。そうして、容姿や視線を鮮明に私の胸に焼きつけてゆく。このほかにも、「夢のなかで」（詩集『夢のうちそと』（1979）所収）という詩があり、題名通り夢のなかで、人に道を訊かれて教えたことが発端になっている。教えた道が間

違っていたので、その人は夜を抜け出ることが出来ず、〈私の夢のなかをいまだにさまよい続けているのであろう〉という章句がある。そのためか、恋人を〈夢の牢〉に閉じ籠めてとりこにしようとした詩であろうと、深読みされることが多い。実際の夢のなかでも、行きずりの人であったのだが、読者のほうが想像力がたくましく、詩が艶を増す場合がある。
小説寄りの詩と、音楽寄りの詩があるが、これなどは前者に属するだろう。歌っているのではなく、語っている詩だからである。

夢のなかで

夢のなかで
道を訊かれ　教えた
そのひとは疎林の下草を踏んで
わたしの指さすほうへ歩いて行った

だがその道はまちがっていた
わたしはそこらをしばらく散策したあとで
べつの小径を行ったのだが

そこに朝があったからだ

そのひとはわたしの夢のなかを
いまだにさまよいつづけているのであろう
疎林のむこうには
どこまでも明けない夜がつづいていて……

小径のはしにこうして蹲《しゃが》んで
露に濡れながら少しのあいだ待ってみようか
ひき返してきて
夢の奥処《おくが》に荒々しくわたしを攫って行くかもしれぬ　そのひとを

もはやどの朝にも抜け道のない
夢の牢に閉じこめて　ひそかに末長く苛んでやろうか
わたし自身も踏み入ったことのない
わたしの闇を歩きつくしてしまった　そのひとを

中学生の大合唱

名づけられた葉

ポプラの木には　ポプラの葉
何千何万芽をふいて
緑の小さな手をひろげ
いっしんにひらひらさせても
ひとつひとつのてのひらに
載《の》せられる名はみな同じ〈ポプラの葉〉

わたしも
いちまいの葉にすぎないけれど
あついい血の樹液をもつ
にんげんの歴史の幹から分かれた小枝に

不安げにしがみついた
おさない葉っぱにすぎないけれど
わたしは呼ばれる
わたしだけの名で　朝に夕に

だからわたし　考えなければならない
誰のまねでもない
葉脈の走らせ方を　刻《きざ》みのいれ方を
せいいっぱい緑をかがやかせて
うつくしく散る法を
名づけられた葉なのだから　考えなければならない
どんなに風がつよくとも

合唱曲というのは、苦手である。それ用にと書きおろすことには甚だ消極的であるので、いきおい既成の詩の中から作曲家さんが選んでくださることになる。なぜ苦手かといえば、作曲されることを意識すると、貧弱な詩想がいっそう萎縮してしまって、いい詩が書けそうになく思われるからである。ソロならばまだよいのだが、合唱曲となると、二重三重に声が重なり、詩句がまことに聞きとりにくい。短いフレーズを耳がやっとキャッチして、どうやらこれが私の詩だ、と思ったことも幾度かあった。コンサートでは、次に演奏される曲目の紹介も解説もまったく無いので、早目に出かけて行ってプログラムに目を通してでも置かない限り、そのような目に遭う。歌うには無理な詩が選ばれているせいだろうが、曲のほうに原因がある場合も、声を出すひとたちの歌唱力に問題がある場合も、あるだろう。歌唱力をうんぬんするのは、他のグループによって合唱された時、すっかりとは言いがたいが、かなり詩句が聞きとれた、ということがあったからである。

合唱曲はやはり、音感のすぐれた詩人が、作曲家と念入りに相談しつつ、作るべきだと思う。しかし、打ち合わせを密にしたからといって、必ずしも魅力ある作品とはならないところに、音楽作品のむずかしさもあり、妙味もある。

上掲の詩は、中学生雑誌に書いたものだが、のちに思潮社版の現代詩文庫に収録され、国語の教科書にも採用されるなどして、作曲家の飯沼信義さんの目にとまり、中学生用の合唱曲として作曲された。言葉を丁寧に扱ってくださっていて一字一句、動かされていない。この作品がここ数年、中学生たちの間にひろく歌われていて、詩のほうの作者である私なども、地方へ出かけて行くたび、その土地の中学校の先生から、「うちの生徒たちも、好んであの歌を合唱しています」と挨拶される。百五、六十曲は作曲されている私の詩の中で、トップの成績をあげている。飯沼・新川コンビの合唱曲は、両者共に力を入れた作品がほかにもある筈であるのに、不思議なことである。この詩にはべつの作曲家による合唱曲もあるのだが、なぜか、そちらはあまり用いられていない。私には譜面が読めないので、どちらがどうという評価はくだせないが、飯沼作品のほうに、中学生たちは親しみを感じているらしい。

何年か前、ある地方の中学校の三年生全員が、修学旅行で東京まで行くので、その機会に「名づけられた葉」の詩人に会って話を聞きたい——という旨を、前もって校長先生を通して伝えてきた。息子はとうに成人してしまい、身近に中学生がいなくなっていたので、私も彼らに会ってみたいと思い、指定された日時に、彼らの宿舎となっている日本青年館に出向いて行った。

生徒たちがすでに集合しているという会場に案内されて入って行くと、草色のジャージーを着た数百人の生徒たちが、一斉に起立して、この歌の大合唱で迎えてくれた。譜面などひろげている生徒はひとりもなく、皆、つねに唇にのせて自分のものにしている歌い方だった。

このような迎え方をされたのは始めてだったので、私は大感動をした。自分らしく生きたい、この歌のように生きて行きたい、と切望しているらしい少年少女たちの熱気が、壇上の私を逆にあおりたてるように、迫ってきた。

合唱曲も素晴らしい、と私が感じることのできた、ごくまれな体験のひとつである。

生命のさかりの時に

生きる理由

数えつくせない
この春ひらくつぼみの一りん一りんを
若いうぐいすの胸毛のいっぽんいっぽんを
　だからわたしは　今日も生きている

そうして明日《あした》も

歌いつくせない
喜びの歌　悲しみの歌　そのひとふしひとふしを
世界じゅうの子供たち　ひとりひとりのための子守歌を
　だからわたしは　今日も生きている
　そうして明日も

歩きつくせない
人類未踏の秘境どころか　いま住んでいる
この小さな町のいくつかの路地裏さえも
　だからわたしは　今日も生きている
　そうして明日も

汲みつくせない

底のない桶をあてがわれているわけでもないのに
他人の涙　わたしの涙　この世にあふれる水のすべてを
　だからわたしは　今日も生きている
　　そうして明日も

愛しつくせない
昨日も愛した　一昨日《おととい》も愛した　けれどもまだ
口いっぱいにはしてあげられない　あのひとを
　だからわたしは　今日も生きている
　　そうして明日も

タモリ氏の「笑っていいとも」というTV番組で、女優の松坂慶子さんが、〝この頃は新川和江さんの詩を読んでいます〟とにこやかに答えていたと、伝えてくれた人があった。その番組は私も見たことがあるので、それを聞いたタモリ氏が、どう対応しようかと、一瞬戸惑われたであろう表情を想像して、可笑しかった。現代詩と呼ばれるジャンルで書かれている私どもの詩は広く親しまれているわけではないから、松坂さんのそれは、場ちがいな近況報告となったにちがいないのである。

たしかに松坂さんは、NHKハイビジョンの映像詩「さくら」でも私の作品を心をこめて読んでくださっていて、以来私の詩に関心を寄せておられるらしく、昨年暮の某ホテルのXマス・ディナーショーでも、お得意の歌の合間に、ご自分で選ばれたという上掲の詩を朗読しておられた。そのような場所にはじめて招待された私には、何もかも珍しかったが、あちこちのディナーショーの常連である人々にも、詩の朗読というのは、耳慣れぬものであったろう。

そのような豪勢な場所でなくとも、私は自分の詩が、バケツの底やトイレットペーパーに印刷されて売り出されてもいっこうに構わない、という考えを初期の頃から持っていて、その考えは今も変っていない。私という人間は、ごくフツーの生活者であるので、詩など書かないフツーの生活者とも、言葉を通して喜怒哀楽を分け合える筈であると、固く信じている。そういう普遍性を持ちたいものと、つねづね希ってきた。低俗に流れることは警戒しなければならないが、良い意味の大衆性は身につけたい。それでもお前の詩はむつかしい、という人に出会うことがある。そういう人はきっと頭が良過ぎて、あいつは詩人だからややこしいことを言おうとしているにちがいないのだ、と決めてかかっておられるからである。あるいはオツムの程度が私以下であるか、そのどちらかであろう。「生きる理由」というこの詩は、二十年ほど前、「小五教育技術」（小学館）という雑誌に書いた。同じ時期同誌に書いたいくつかの詩は、詩集の中に座を得ているのに何故かこの詩はこぼれている。タイトルが仰々しいので、収録を控えたのかも知れない。けれども年をとって、生きる理由を身失いがちな今、このタイトルが私の中で、妙に輝き出したのである。松坂慶子さんのような生命《いのち》のさかりの只中にある人にも、それなりの意味をもって、捉えて貰えたのだろう。うれしいことだ。

もうお一人、若い作曲家の平野淳一さんが、今年の「世田谷うたの広場」で発表すべく、取り組んでくださっている。さて曲を付けるとなると、技術的には相当にむつかしく、作曲家泣かせの詩ということになるだろう。平野さん、ごめんなさい。

さて罪状は？

ピエール・コモ氏

なんて大げさなピエール・コモ
リンゴは
手のとどく
枝に
あるのに
踏台をして背のびをして
両手をのばして
ひっくりかえったピエール・コモ

階段かけあがるピエール・コモ
息切れ寸前

折よくあいたエレベーターに
やれやれ　飛び込み　上へ！　上へ！
ビルの屋上
揺れるロープをのぼりつめ
アドバルーンにしがみついて
お日さまおっことしたピエール・コモ

彼氏は孤独
春の夜空でひとりぽっち
ジェット機にしよう　いや
ロケットだ　いや
原子力エネルギーを
フルに活用せにゃならん
ところでオシッコは
どこでなさるの　ピエール・コモ

おなかをすかせた
やせっぽっちのピエール・コモ
風船の上で
みるみるシラガのピエール・コモ
リンゴは
手のとどく
枝に
あるのに

ことしの五月、慶州のホテルに宿泊していた晩のこと、九時もとうに回っていたのに、ベッド・サイドの電話が鳴った。

××テレビだと言う。名前がよく聞きとれなかったので韓国のテレビですかと聞き返すと、いいえ、日本からかけています、先日作品使用の許可をお願いした番組制作会社の者です、とはっきりした声が返ってきた。上掲の詩がそのうちの一篇で、三十数年も昔に書いた詩である。朗読者に説明するため、この人物について少しくわしく知りたく思い、今日は一日人名事典やら何やらに当って調べてみたのだが、ついに見当らず……と。旅先にまで電話をしたことの非礼を詫びた。

さあ、困った。人名事典に載っている筈が無い。フランス人のようにも思えるだろうが、じつは架空の人物なのだ。コモ氏が何者であるかを調べて一日を棒に振った電話の相手には、言いにくいことだけれども、正直に話さなければならない。

「……男の人には、愛や幸福が、すぐそばにあるのに、そう、手の届くところにあるのに、遥かなところへと、夢を求めて飛び立ちたがる性向があるでしょ？　それを揶揄った詩なのですから、ご亭主か恋人の顔でも思い浮べながら、読んでくだされればよいのですよ」

受話器の彼方に納得しかねているような気配があって、電話は切れた。

以前にも、同じような事があった。私の詩を多数英訳してくださっている或るアメリカ詩人が、「水の中の城」という詩を今翻訳中なのだけれど、詩に登場するベルギーの考古学者ゲゼレ氏の生年月日その他略歴を、註として付けたい、と言ってきた。ミューズ川のほとりに小さな城館を持ち、余暇には年代ものの竪琴も弾くというこの考古学者に、ひと通りでなく関心をもった私が、ブリュッセルに滞在中、車を駆って再三城館を訪ねて行く。しかし古風な城館の門扉はついに開かれることが無かった。思いを残して帰国。正装のままハープに倚りかかるようにして白骨化していたゲゼレ氏が発見された、と日本の新聞が報じたのは、数日後のこと――というのがその作品の概要。もちろんその詩で言わんとする主題は別のところにある。「はい。そう書くことで、ゲゼレ氏の実在性を、一層強調できると思いまして…」新聞は（ことに訃報欄は）ウソを書かない。いわばそれを悪用したことになるが、文学でも、それは罪になるのだろうか。

由緒正しい家柄に生まれ、考古学者としても著名な人物に、パン屋の主人や八百屋の兄ちゃんみたいな名前を付けるわけにはいかない。ゲゼレ氏というのは、いろんな本をひもといて、一日がかりで探し出した名前ナンダケドナァ、とその時もがっくり肩を落して、私は慨嘆したのだった。

水の中の城

水が所有する建造物に
相似のかたちでほとりに聳える城館よりも
いたく惹かれるようになったのは
あの秋の旅いらいのことです

ブリュッセルに滞在中
わたしは幾度か車をとばしてその城館を訪ねました
ミューズ川に沿ってさかのぼると
小一時間ほどで支流のクルペー川に出ます
この地方には
一四、五世紀に建てられた城が今もいくつか残っており
わけても古いひとつの館《やかた》に
領主の末裔である考古学者のJ・ゲゼレ氏がひとりで住んでいました
すでに老いたりとは言え
名高いシェイクスピア役者を髣髴とさせる容貌をもち
余暇には年代ものの竪琴《ハープ》も奏するという噂のゲゼレ氏に
ぜひとも会って話を聞き
めずらかな楽の音にも耳を傾けてみたい……
わたしの願望は
日に日に募るばかりであったのです

けれど城主はかたくなに扉を閉ざし窓を閉ざして
ついに姿を見せてはくれませんでした

明日はベルギーを去らねばならぬという日の午後
離れがたい思いでわたしは岸に佇み
水にうつって幽かに揺らめいている城館をしばし眺めました
小指ほどの雑魚が何匹も遊泳していて
おどろいたことにかれらは
閉ざされたままの城館の窓を
いとも自由に　いともたやすく　出入りしていたのです
そうして　せせらぎであったのでしょうか
秋風であったのでしょうか　わたしの耳に
たしかに聞こえたあの旋律は――

四七本の絃をぷつりと断ち切った堅琴に
倚り懸るようにして半ば白骨化した正装のゲゼレ氏が
城館の奥の間で発見されたと
日本の新聞にも数行報じられていたのは
つい先日のことです
水の中の城の主《あるじ》もやはり死んだのでしょうか
いいえ　とわたしは思います

水は　城館を濯《あら》い　歳月を濯い　生を濯い　死をも濯い
その流れに　跡切《とぎ》れが無いように
水が所有するいのちの総てにもまた　跡切れは無いと

銀巴里の頃

あなたが煙草をふかす間に

あなたが　たばこを
いっぽん　ふかすま間《ま》に
雲はかたちをかえてしまう
小鳥は飛んでいってしまう
ムッシュー　ムッシュー　知らないの？

愛の小鳥は　とてもせっかち

　窓をしめて　ムッシュー
　そっと　そっと　ムッシュー
　おさえてください
　逃げやすい　こぼれやすい　〈時〉の胸毛を

あなたが　たばこを
いっぽん　ふかす間に
紅茶はにがくさめてしまう
ギターはいとが切れてしまう
ムッシュー　ムッシュー　知らないの？
恋のギターは　とてもせっかち

　たばこ捨てて　ムッシュー

はやく　はやく　ムッシュー
なだめてください
横向いてすねている　〈時〉のうなじを

銀座を歩くと、今でも時折思い出す。松坂屋の横を入ったところに、昔「銀巴里」というシャンソンの店があったことを。私はあとにも先にも一度しか入ったことはないが、今は美輪明宏と名乗って名声を馳せておいでの丸山明宏さんが、新進の歌手としてシャンソンを歌っていた小ホールだ。銀座という場所柄もあって、シャンソン愛好家のあいだでは、かなり人気があったようだ。

言い出しっぺは寺山修司さんだったか、寺山さんと同じ青森出身で弟分の鎌田忠良さんであったか忘れたが、その銀巴里で、詩人と作曲家が提携して新しい歌を制作して発表しよう、ということになった。昭和三十五年のことで、私は三十一歳、二冊目の詩集をやっと出したばかりの頃だった。寺山さんはまだ早稲田に在籍していて、通学していたかどうかはさだかではないが、カッコンカッコン下駄ばきで、当時恵比寿の坂上にあったわが家へおひるを食べに来ていた時代だったから、一番に相談を持ちかけてくれた。花神ブックス『新川和江』

の年譜を見ると、——5・13〜6・10、銀巴里フライデーコーナー（浜口庫之助、三保敬太郎、林光、宅孝二、中田喜直、谷川俊太郎、寺山修司、新川和江、鎌田忠良、河野典生、高柳篤子）という顔ぶれの記載があって、私の出品作品は、「雪がやさしくかくしてくれる」「あなたが煙草をふかす間《ま》に」となっている。作曲がなんと林光さん。歌が岸洋子さん。

林さんとは、その時点ではたぶんお会いしていない筈である。作曲家という華やかな存在の人に面と向うなど、おそれ多いことに思っていたうぶな時代だから、暗い客席の片隅で、はじめて曲が付きステージで歌われている自分の詩を、ドキドキしながら聴いていただけだったように思う。「雪がやさしく……」のほうはどんな歌になっていたか、まったく思い出せないのだけれど、「あなたが煙草を……」のほうは、なぜかすっかり覚えこんで、ひとりでいる時にくちずさんでみたりした。

ムッシューなんて、今ではすたれてしまった言葉だが、ところは銀巴里だし、フランス映画全盛の時代。師匠の西條八十などは、「ムッシュはどうしてる」などと、ごく自然な口調で、夫の安否を尋ねてくださったものだった。

この詩に出てくるムッシューは、べつに夫というわけではなく、作詩上の、いわば幻想の恋人。その恋人が、煙草ばかりふかしていて、態度に表わしてくれないので、女が焦れているのである。愛の表現が下手な日本の男性への、当てこすりも多少ははいっているかも知れない。

それにしても、〝〈時〉の胸毛〟だとか〝〈時〉のうなじ〟とか、ムッシューよりよほどこちらのほうが、キザである。その頃はこんな観念語を詩に採り入れる事が、従来の歌とはひと味ちがう新味を歌に盛りこむ事だと、思いこんでいたのだろう。尖鋭的な作曲活動と平行して、辛口の音楽評論家としても活躍されている林光さんは、こんなヤクザな詩に曲を付けた昔のことなど、持ち出して欲しくないのにちがいない。ずっと後になって作曲してくださった「わたしを束ねないで」や、『土へのオード13』(1973)の中の「春の土・秋の土」などについて、ここで書かせて貰ったほうがよかったのかも知れないが、今日は所用があって銀座を歩いていて、かの銀巴里を思い出してしまったのである。本誌にもご執筆の林さん、この頁の上はどうぞ素通りを！

プロクラステスの寝台

虐殺史

俎板の上に横たへられし
諦念の魚のごとく
今宵も疲れはてし此の身を
つめたき臥床《ふしど》に横たへぬ

夢見ぬ
おそろしき夢見ぬ
わが臥せるはプロクラステスの寝台
夜の街の辻にさらはれては
その上に横たへられて
長き者はみじかく斬られ　短き者は引伸ばされ

無惨にも殺されゆくてふ
かの　古代ギリシヤの暗黒の夜を……

われを細裂《こまざ》く賊こそ見えね
夜もすがら脅かす風
夜もすがらまたたくランプ
あはれ　まこと　此の暗き世に生きてあれば
かの遠き世の道ゆくとつくにびとのごとく
罪なきにとらはれの身ぞ　われは。

前号では砕《くだ》けすぎの誹りを免れがたい作品を披露したので、今号は心を引き締め、シリアスな詩を掲出しようと思う。

この詩は一九五三年に出した第一詩集、『睡り椅子』に収録されている作品で、当時所属していた同人詩誌「PLÉADE」（西條八十主宰の詩誌「蠟人形」の廃刊後、その同人たちや会員が集って作った詩誌。代表・門田穣）が組んでくれた、〝新川和江詩抄〟のうちの一篇。初出が一九五一年なので、作者の私は二十二歳ということになる。今よりずっとしっかりしていたじゃないの、と思わざるを得ない。今は、たあいない私事ばかりうたってよしとしているところがある、いわゆる〈われ〉の抒情詩。この「虐殺史」を書いた頃は、「荒地」派の詩人たちの詩が主流をなしていて、〈われ〉ではなく〈われわれ〉の詩でなければ通らない時代だった。この詩で私が、この世を〈暗き世〉と言っているのは、この世を荒地と見做している先鋭的な詩人たちの思想や理念に、幾分染まっていたのかも知れない。発想は〈われ〉の詩だが、〈われわれ〉に普遍してゆく内容を持っている。私たちが今直面しているバブル崩壊後のこの世紀末だって、〈暗き世〉と言えないこともない。不安や諦めや強迫観念は、いつの時代にも弱い立場の人間にはついて回るものだ。

しかし、この詩を書こうとしたそもそものきっかけは、作中に登場する〈プロクラステスの寝台〉について、何かで読むか聞くかしたことに因る。今あらためて百科事典で調べ直してみると、prokrustes と表記するのが正しいらしく、プロクルステスと言ったほうが原語にちかい発音になる。ギリシヤ神話に出てくる追いはぎで、エレウシスの街道に、長短二つの寝台を用意して通行人を待ち伏せしては、詩でも述べているような残虐な殺し方をしたらしい。こんな追いはぎに捕ったらたまったものではないけれど、ガス室や原爆での大量殺人に較べれば、まだしも人間的であるとも言える。

詩人で整形外科医でもいらっしゃる北海道の河邨文一郎教授は、両脚の長さが不揃いな人の、短いほうの脚の或る部分を切断しては五ミリほど離して、両方から繋がろうとする自然治癒力を利用し、幾度かそれを繰り返すことで、長さを整えるという方法を採用して成功を収め、世界的に知られた人。先日彼の詩集出版記念会が東京で開かれた折に久しぶりにお会いして、グラスを傾けながら、その手術法が話題になった時、

「まさに〝プロクラステスの寝台〟ですよね」

と私が言うと、

「そうそう、〝プロクラステスの寝台〟」

と笑っていらした。案外、ギリシヤ神話の追いはぎからヒントを得ておられるのかも知れない。これは、ここだけの内緒話。

ところで、この詩は戦後の作品とも思えぬ文語調である。擬古趣味があったわけではないが、まだ自分のスタイルが定らぬ習作時代で、〈あはれ　まこと〉とか、〈罪なきにとらはれの身ぞ　われは〉といった西條八十調を、詩の中で使ってみたいと考えていたふしが大いにある。たとえば次のような短詩も、『睡り椅子』には収められている。いずれも二十歳前後

の詩。

君が心知り得てうれしく
君が心知り得てかなしく
かかる日
春陽《しゅんやう》の且つ照り且つ曇るそのかげのごと
目なき魚《うを》　いくたびかおろおろと
晦《くら》き水底の岩間をよぎる

（「別後歎唱」）

四十代に入って

土へのオード11

青草に伏してわたしは
抱こうとしました

大地よ　大地よ　あなただったのですね
わたしをまるごと受け容れてくださる
ひろい胸を持ったお方は

せせらぎが聞える
あなたは笛を吹いてくださっているの？
小麦の熟れる匂いがする
あなたはパンを用意してくださっているの？
こごえた心があたたかくなってきた
あなたはオンドルを焚いてくださっているの？

じきそばの草叢から雉子がとび立った
伝令を街へとばしてくださったのですね
シャトー渋谷のてっぺんの窓で
干し杏のようにひからびて小さくなった母さんに

ふるさとを失くして久しいあの女《ひと》に
おまえもいっしょに来てはどうか　と

示してください
お耳のありか　くちびるのありかを
ながいこと
わたしはあなたを探しつづけていたと
こんなにも近くにおいでだったのですねと
お耳に告げ　くちづけしたいのです
まだ〈よそのひと〉である大地よ　大地よ
あなたは
むんむんする　ほかほかする　ちくちくする
そうして　地平線のあたりで
陽炎のように微笑《わら》っていらっしゃる

私には、『土へのオード13』『火へのオード18』『水へのオード16』と題する三つのオード集がある。オードとは何か、と質問されることがあるので、簡潔に説明してくれている広辞苑から引いて置く。

オード〔ode〕①古代ギリシアで、もと合唱の歌。やがて崇高・荘重なことを歌う詩を指した。頌歌。②近代西洋で、特定の人や物に寄せて作った抒情詩。賦。

げんみつに言えば、行数や連立てに約束ごとがあるらしい。頌歌あたりが一番ぴったりの言葉に思えたが、頌えてばかりもいられぬ場合が生じることを考慮して、オードという名称を借用して始めることにしたのだった。それぞれの下についている数字は、収録作品の篇数である。

四十代に入ったばかりの頃、私は漠然と死を思うようになった。人間もいずれは死ぬ。生きているうちに、私の五体を生あらしめてくれている三大元素、土と火と水に挨拶の詩を書いて置かなければならない。急がなければ、という思いにつき動かされて、最初にとりかかったのが、土へのオードだった。発表はまちまちで二年にわたっているが、ほとんど一気に書きあげたような気がする。冒頭の詩は、〈死は　熟したか〉という自分への問いかけではじまり、幾つかのやりとりのあと、〈生をたわわに　実らせることによってしかわたしは／

死を熟させることができない〉と自分に答えさせて、結論づけている。〈わたしの死は　まだ青い／まだ痩せている　まだ貧しい〉というフレーズもあって、それが、その頃の実感だった。

それから三十年ちかく生かして貰って、生がたわわに実ったかといえば、不作続きの果樹園主みたいな顔しかできないのだから、なんとも恥ずかしい。

今朝、日が高く昇らぬうちに、庭の草をかがんで抜いていたら、青草のつよい匂いがして、草地に寝ころんだ若い日の感覚がよみがえった。それでここに、この詩をとり上げようと思い立った。

青草の生えた大地を、この詩はまるで、広い胸を持った恋人のように称えている。甘え、すり寄り、はげしく求めてもいる。

〈わたしをまるごと受け容れて〉くれる男性には出会えなかった、という思いがこの詩を書いた時点ではあったのだろうし、読み返している今は尚のことだ。男性にしても、思いは同じであるのだろう。〈人間は　ついにさびしいのだ／土に　わが身を返済しなければ〉とも私は、べつの詩でうたっている。けっきょくのところ、人間はそれぞれに孤独で、土に還ってゆくほかはないのだが、還ってゆくところがあるというのは、なんという安らぎであり、歓びであろう。

『土へのオード13』には、私どもが暮しの中で古くから親しんでいる、春と秋の七草を採りいれたつぎのような詩もあって、林光さんが、美しい曲をつけてくださっている。

〈せり／なずな／ごぎょう／はこべら／ほとけのざ／すずな／すずしろ……／／春の草のことなら／なんでも知ってる　春の土／／はぎ／をばな／くず／おみなえし／ふじばかま／ききょう／なでしこ……／／秋の草のことなら／なんでも知ってる　秋の土／／わたしもなりたい／春秋をゆたかにかかえた／ふところの大きい土に〉

海——出会いと訣別

海よ

海よ
どうやって受けとめよう
おまえが
はこんでくる　この
豊かなものを
はげしく
泡だつものを
また
連れ去らずには
おかないものを

どうやって重ねよう
わたしのなかの
わがままで　やんちゃな
水平線と　おまえを
わたしも
揺れうごいているの
ときどき船を
沈ませそうになるの

海よ　わたしを
連れて行って
いいえ　しっかり
ここに立たせて
海よ
海よ

すべての悲しみ
すべての怒り
すべてのよろこびを知りつくした
巨きな　おかあさん

一九八三年、吉原幸子と私が、女性の書き手を中心にした季刊詩誌を創刊しようと企てた時、真っ先に浮んだ誌名は「海」であった。胎児を保護している羊水は、海水とまったく成分を同じくしているという。とすれば女性たちは、ひとりひとりが内部に海を抱え持つ存在であるわけで、それよりほかにふさわしい誌名があろうとは思えなかった。しかしすでに大手の出版社から「海」という文芸雑誌が出ていたので、やむなくフランス語で「ラ・メール」とすることにした。額を寄せ合って最初の談合をしたのが、大久保駅近くの喫茶室「ラ・メール」であったことも、おかしな縁である。

五年ほどして私は、海辺に第二の生活空間を持った。熱海から網代にいたる湾岸通り。波打際に建った高層集合住宅最上階の一角は、東と南の窓が大きく海にひらけていて、ちょうど、航行中の客船のキャビンにいるような心地がした。「名実共に〝海の人〟になった」と某新聞が消息欄で書いてくれたりして、私もすっかりその気になり、スケジュールを調整しては、潮風を吸い、はろばろとした思いに浸るために、いそいそと出かけて行った。

夜になると、潮鳴りの音だけが部屋に満ちた。ベッドに横たわって灯を消すと、今様の家具や置物もかき消え、古代の夜が現出するのだった。私はそこで、文明に毒されていないおおどかな時代の人になり、深い眠りにつくこともできたし、さらに時間を遡って、アメーバほどの単細胞生物にもなることができたのだった。あらゆる生命の起原が海にあったということも、からだで納得ができた。

この空間からは、海をモチーフにした詩が幾篇も産まれてくれた。加島祥造氏との往復詩集『潮の庭から』（1993）の作品も、ほとんどがここでの所産であるし、最新詩集『はたはたと頁《ページ》がめくれ…』（1999）の標題作の、書物の頁をはたはたとめくっているのも、ここ相模灘を吹き渡ってきた潮風である。

しかし私はだんだんと、海と向き会うことが苦痛になってきた。どうしてこんなにどっさりの水があるのだろうと、胸元まで水に浸った気分になって滅入る日があるかと思うと、凪いでいる日は凪いでいる日で、「どうしてそんなに穏かな顔していられるの。大波のひとつも立ててごらんよ」と毒づきたくなるのであった。〈わたしが立ちあがると／腕からも　乳

房からも　脹脛《ふくらはぎ》からも／海がしたたる〉（『夢のうちそと』（1979）所収「海」部分）とかつてうたったことがあったが、それはその詩にもあるように、〈絶えずわたしの中に／潮鳴りを聴〉くことができた壮年期であったからだ。海と五分五分に張り合ってゆけたのは、自分の中にも海があるという誇らかな実感に、支えられていたからである。「海をうしろへ…」（『続・新川和江詩集』（1983）所収）という詩では、〈小さな笊《ざる》を抱えた人々にまじって／朝ごとにあさましい浅蜊はもう漁らない／海浜ホテルに空室があっても／もう予約はしない／浜木綿のほそい花びらで／待ち人を占ったりも　もうしない〉と書いて、海に訣別を告げている。

上掲の詩は、四半世紀も昔に中学生雑誌に書いたもので、女という性を与えられて成長しつつある少女の揺れうごく心情を、海に重ねて表出しようと試みた作品。女性はみなこのような一時期を経て成人してゆくのではなかろうか。

季刊詩誌「現代詩ラ・メール」は、十年間一度の遅刊もなく出し続けて、幕を引いた。女性でも、主体となってコトを起こせるのだという、気運を盛りあげることができさえすれば、私どもの、当初の目的は果せたわけであった。実力を具えた新人も、幾人か巣立ってくれた。

海辺の生活空間も、欲しいといってくれる人が現れたのを機に家具ごときっちり手放して、紙袋ひとつで出て来た。住居のことを指しているわけではないが、『わたしは、此処』と題したエッセイ集が、間もなく刷りあがる。

ひらがなで発音

花の名

もも
ゆきやなぎ
みつばつつじ——

花の名をいうときには
この春やっと
ひらがなを覚《おぼ》えたちいさな妹が

やわらかな鉛筆《えんぴつ》で
一字書いては
うれしげににっこりするように
わたしは発音《はつおん》するのです
やはり　ひらがなで

えにしだ
こぶし　はなみずき
そして　さくら……

秋が深まって街路樹や雑木林が枯葉を降らせはじめると、私はきまってこういう詩句を思い出す。

シモーン　お前は好きか　落葉ふむ足音を？

堀口大學訳によるルミ・ド・グールモン（フランス 1885〜1915）の「落葉」の一節で、二行構成の連と連との間にこの詩句が四回挿入され、繰り返し《ルフラン》の効果をあげている。この詩は「シモーン」と題する連作のうちの一つで、詩人がかなり年配になってから、長年連れ添った妻に贈った詩だとのちに知ったが、大學の名訳詩集『月下の一群』ではじめて読んだ頃の私は、まだ十代の終りで、自分と同じ年頃の少女の像をシモーンの上に重ね、葉が落ちつくしてカラリと明るくなった林の中を歩ませていた。長い髪の、ほっそりと美しいシモーンが歩いて行くと、ひと足ごとに靴の下で、カサコソ、シャリリ、と枯葉が音をたてる。

「シモーン　お前は好きか　落葉ふむ足音を？」と呟いておいて、同じ私が、「好きよ」と呟く。一人二役で、けっこう満されていた。私には、こんなふうに詩的な呼びかけをしてくれる人はいなかったから、お前という、今なら差別語扱いされかねない呼び方までが、甘美に思えたものだった。

　ところで、ナラやクヌギ、ケヤキなど、比較的水分の少ない葉は、枝を離れるとすぐ乾燥して、カサコソと音をたてる。カタカナ表記の擬音がじつにぴったりなのだけれど、たとえばイチョウなど、やや肉厚でその分だけ水気の多い葉は、いつまでもしっとり湿っていて、カサコソと思いきりのいい音はたてない。かさこそとひらがなで表記するのがふさわしい。

カタカナはドライだし、漢字は肩肘張っていて、いかつい。その点ひらがなは、撫で肩で優しいのである。時折むしょうに、ひらがなだけで詩が書きたくなる。つぎの詩などもそうした折の作品で、歴史的かな遣いを用いてみたのは、そのほうがひらがなの美質をいっそうひき出せると考えたからである。

きずだらけのこころはときどき
ひらがなのくさむらにかくします
しかくいもじはかどがあたつていたいのです
そのくさちは
びるでぃんぐのまちからもとほく
こんくりいとのはしなどもかかつてゐない
とがつためつきのひととゆきかふこともない
しづかなむらのはづれにあります
いちにちぢゆうそよかぜがふき
やはらかなひがさし
きこえるのは
のどかなうしのなきごゑくらゐなものです

やがてこころは
ひをすつてふくらんだごむまりのやうに
ひかつてはずんで
ころころまろびだしてきます
そのやうすはくさがみどりのほそいてで
こころをおしだしてくれたやうに
はたからはみえるはずです
そして あるいは
ほんたうにそうかもしれないのです

（『ひきわり麦抄』所収）

引例の詩のほうが長くなるというのは感心できないが、私のひらがな好きは、これでわかっていただけたと思う。

「花の名」は、何年か前「女性のひろば」に書いたものを、少し手直しをして、最近出した少年少女詩集『いつもどこかで』（1999）に収録した。短い詩だが、詩の終ったあとに春に咲く花の名を、かぎりもなくうたいあげて行けば、ユニークな合唱曲になるのではないかと、ふとそんな気がして、掲げてみることにした。名を呼ぶことは、たたえること。愛すること。それだけでもう、詩なのである。

女の性《さが》——燃えてにおいをたてる時も

飽くなき者

船が沈んでも
若い水夫はまだ見ぬ港に焦がれるでしょう
青ブカに
脚をやられ
胴をやられ
手をやられ
そのハンサムな鼻梁を噛みくだかれて
血の色した水泡《みなわ》となって波にはじけて散る時も
まだ見ぬ港に焦がれるでしょう

亭主が死んでも

マダム・リュリュはやっぱり女であるでしょう
家財道具をうりはらい
リュリュになって
リュになって
リになって
黒リボンでは束ねきれないブロンドの
最後の最後のひとすじが燃えてにおいをたてる時も
やっぱり女であるでしょう

クジラは罐詰になる　ボタンになる
ラケットになる　靴べらになる
麻雀のパイになる　肝油になる
シガレットホルダーになる　プレホルモンになる
ダイナマイトになる……
潮を噴く

勇壮な島のごときイメジのみをわれわれにのこして
人間は夢のソーセージである
クジラのようにはスマートにいかない

「あの詩も読んでみたかったんですけれどね、中野の小劇場の時に――」

あるパーティの帰り、並んで歩いていた声優の白坂道子さんが言った。白坂さんは〝みちの会〟という朗読グループを指導しておられて、一昨年は「わたしを束ねないで」、昨年は「けさの陽に」のタイトルのもとに、私の詩の朗読会を開いてくださった方。〝なかの芸能小劇場〟はその名の通り、百三、四十人も入ると通路までぎっしり塞ってしまう劇場で、一昨年はお帰り頂いた客もあったということで、昨年は昼夜二回の興行となった。昼夜とも満員の盛況だった。

「あの詩って?」

「ほら、あの、〝飽くなき者〟」

「ああ、あれねえ。アメリカ映画にありそうな題の。あれはちょっと、プロの声優さんでないと読みこなせない、厄介な詩ですね」

それがこの、上掲の詩。『ひとつの夏　たくさんの夏』（1963）に収録してある詩なので、私の三十代前半の作品。

マダム・リュリュの印象がいやに強いけれども、そもそものきっかけは、クジラという巨大な海の動物が、頭のてっぺんから尻っぽの先まで、捨てるところ無く完全活用されるということを、新聞か雑誌で読んで、いたく感動したからだった。なんとか詩にしてみたいと構想を練るうちに、当然の成り行きながら、では人間はどうだ、男はどうだ、女はどうだ、ということになった。するうちに、若い頃に聞いて、つよく印象づけられていたある老女の言葉が、浮上してきた。女性が生れながらに身につけている性《さが》や業《ごう》といったものが話題になっていて、小娘の私は末席に坐り、はるかに年嵩の先輩たちの茶のみ話に、おとなしく耳を傾けていたのだが、ひとりの老女が意味ありげな笑みを口許に浮べて、こう言ったのだった。

「女はね、棺桶に片脚をつっこむまで、女なんですよぅ」

それは慶賀すべきことなのか。それとも忌むべきことなのか。ともあれ作中では、未亡人になっても〈黒リボンでは束ねきれない〉ありあまるブロンドを持つ中年女性が設定されて、マダム・リュリュと名付けられて登場することになる。黒髪の〈おきぬさん〉や〈おようさん〉では、島崎藤村の詩ではないが、なまなましくて、暑くるしくて、かなわない。しかし、棺桶に横たえられたリュリュが、終《つい》の火に焙られ、リュになって、リになって、チリチリッと焼けてゆくくだりなど、朗読が一番むずかしいところで、ヴェテランの白坂さんは、そこをどのように表現なさるおつもりなのだろう。

とても興味が涌いて、三月二十五日に世田谷パブリックシアターで行うイベント「新川和江を読む・うたう」では、ぜひこの詩も読んでくださいと、お願いした。

ところで、はたから見れば私など、もう十分に〝棺桶に片脚つっこんだ〟世代、ということになるのだろう。細くなった髪の〈最後の最後のひとすじが燃えてにおいをたてる時も〉、やっぱり女であるのかどうか、だんだん分りかけてはいるけれども、ここでは書かずに置くことにしよう。

私の中の泣虫小僧——人体詩抄のこと

膝

幾重にも衣服で被《おお》ってはいるが
膝小僧よ
屈した日の汚辱を洗い落せずに
いまだにべそをかいている
私のなかの泣虫小僧よ

塔や　虹や　とぶ鳥や
高いところばかり眺めて　追い求めて
私はいま　暮している
けっしておまえを忘れてはいないよ
もうひとつの私の顔よ

しばしお待ち
夜が更けたらおまえを抱いて
しみじみと語り明かそう
ひとびとは賑やかに私を囲んではいるが
おまえにしか持ちかけられぬ
相談もあるのだよ　生きていると

人間のからだの部分をモチーフにして、連作をしようと思い立ったのは一九七三年一、二月頃のことで、当時出ていた「幼児の指導」（学研）という雑誌の扉に、前年度にひき続き詩の連載を依頼されたからだった。前年度はアトランダムに題材選びをしていて、決めるまでに毎月けっこう時間がかかったので、新年度はあらかじめ年間を通してのテーマを決めて置くことにした。

総タイトルを「人体詩抄」とすることにした。明治十五年に、外山正一・矢田部良吉・井上哲次郎ら東大の学匠詩人たちによって出された〈和漢西洋ごちゃまぜ〉の詩集、『新体詩抄』のもじりである。同音の『身体詩抄』でもよかったわけだが、身体というと、小学校の寒い教室で下着一枚になって順番を待たされた、〝身体検査〟をなぜか思い出してしまう。軍国主義がこの国に巾を利かせていた時代の、〝徴兵検査〟にまで連想が及んでしまう。四肢や内臓の各器官にも〈あたたかい血が通ったもの〉としての人格を与えてやりたく、『人体詩抄』とすることにしたのだった。それに、パロディにしてもちょっとずらすことが、日本の詩に新しいスタイルを産み出そうと苦心した先達詩人たちへの、礼儀でもあろう、と。

ところで、「目」「鼻」「口」と書きすすむうちに、その発表の場が、誌名の示す通り幼稚園児の指導に関する記事だけを掲載していく雑誌であることを、すっかり忘れてしまった。いや、忘れたわけではないのだけれど、編集者が文句を言わないのをいいことに、心が赴くままに書かせて貰っていた。

その頃の学研にはふところの大きい編集者がいた。さらにさかのぼること十三年ほど前、「中一コース」という学習雑誌の見開き二ページを、好きなように使いなさいと一年間提供してくれた編集長がいて、そこに連載させて貰った詩が、小学館文学賞（今は名称がちがっている）を受賞した。その時から、彼女はどうやら詩人らしい、と世間から見ていただけるようになり、いわば、道が拓けたのだった。それまでの私は、小説のようなものを書いてみたり、花物語を書いたり、自分の進むべき道がしっかり摑めていなかった。見開き二ページを好きなように使ってごらんと、提供してくれる編集長との出会いがなかったら、私の詩への道は、とざされたままであったかも知れない。

さて掲出の詩は、「耳」や「こめかみ」や「背中」や「血管」と書きついでいって下部構造に移った頃の作品。この関節は、膝頭《ひざがしら》、膝株《ひざかぶ》とも言ったりするが、膝小僧という呼び方が可愛らしくて私は好きだ。小僧というのは文字通り幼い僧のことだが、昔は小学校を卒えるとすぐに商家に見習いに住み込まされた少年を、丁稚《でっち》小僧と呼んだ。裾短かに着た縞木綿に紺の前掛け、大きな鳥打帽をかぶって、問屋街の埃っぽい道をせかせか歩いて行く小僧さんの姿は、いじらしくもあり愛らしくもあったものだが、今では時代ものの映画の中でしか見られない。しかし、ヒザコゾウという名詞は生きていて、からだ全体は老化しても、衣服の下で右左《みぎひだり》、名称だけでも少年のままでいてくれるのが嬉しい。

〈屈した日の汚辱〉はやや大げさな表現で、ボクサーでもレスラーでもない私には雑巾がけをして膝をついた程度の体験しかありはしないのだが、加齢と共に〈べそをかく〉ようになったのは事実であり、〈おまえにしか持ちかけられぬ／相談もあるのだよ　生きていると〉も、実感だ。

ともあれ『新体詩抄』には、西欧の十四篇の翻訳詩と五篇の創作詩が収録されているのに、私の『人体詩抄』は十二篇しか無い。一年間連載だからそんなことは最初からわかっていて、あとで書き足し数を揃えればいい、と着手の時には殊勝にも考えていたのだった。いつまでも十二篇のままなのは、私が生来の怠け者だからなのであって、面目ない。

赤ちゃんの頭のひよめきだの、男の髪のもみあげだの、女のふくらはぎだの、土踏まずだの、人体には、魅力ある名称の部分がたくさん有り、書きたいと時折うずくこの胸も、これまたからだの内なのだけれど……。

池辺晋一郎さんが、『人体詩抄・抄』として、「膝」を含め六つの詩を、アカペラのみごとな合唱曲に仕上げてくださっている。

泥の眠り

土へのオード3

泥　どろどろどろどろどろに疲れて
どろどろどろどろどろ　泥の睡りにはいっていく
どろどろどろ泥の海には岸辺も水平線もなく
垂れさがった天と混って
どろどろど　ろどろどろどろど　ろどろ

わたしは呼ばれる
どろど　ろどろどろど　ろ泥
の中から意志だけが目覚めて起ちあがる
どろどろどろ泥を滴らせて

わたしは呼びつづけられる
どろどろどろどろ泥がしだいに象《かたち》づくられていく
わたしになる
わたしは天をシャッターのように押しあげる
朝日が室内に射し込む

どろどろどろ泥の中に脱け殻をつっこみ
きょうのわたしが何食わぬ顔で浴室へはいっていく
余分の泥を洗い流す
いきおいよくシャワーの音をさせて

ベッドサイドの電話が鳴った気配に、ふと目を覚ます。カーテンの隙間から、うすい外光が射しこんでいる。

――ええ、ええ、そうなの。五時ごろ帰って、あまり疲れていたものだから、夕食前にひと眠りしようと、横になったのだけれど、そのままずうっと眠りこんでしまったみたい。こんなによく眠ったの、ひさしぶり……。

　相手が誰かはっきりしないままに、受け答えしている私がいて、受話器を置いたのかどうか、それもはっきりしないままに、また、うとうと……。夕食用にデパートの地下食品売場で買ってきたタコを、食べそこねてしまったけれど、それにどうやらお風呂にも入らぬままであったようだけれど、まあ、いいじゃないの。これだけたっぷり睡眠がむさぼれたのだから……。

　しかし電話もそのあとのぶつくさ独りごとも、覚めぎわの夢の内であったようで、実際にベルが鳴って目を覚ました時、部屋は薄暗に領されていて、カーテンの外側にはさらに深々とした闇があるらしかった。手さぐりで眼鏡を探し、夜光時計をひき寄せてみると、八時をちょっと回っている。午前八時でまだ暁闇に浸されているということはあり得ないから、それでは午後？　まだ今日だということ？

　眠りの状態を言い表わすのに、「泥のような」とはよく使われる形容であって、少しも新鮮ではない。だが、疲れきってぶっ倒れるようにして眠りに落ちると、ほんとうに、全身が解体されて、泥になってしまう。神は、人類最初の男を泥で造り給うたそうだけれど、女だって、その肋《あばら》からつくられたなんてちんまりしたものじゃなく、それぞれの丈や厚みに見合った量の泥を原料としているのである。毎晩こんな具合に熟睡して、泥に戻ることができたら、朝がた丸め直される時に、内臓にとりついている病気の虫なども、糸屑みたいに取り除かれて、すっきりすこやかな体で起きあがることができるのに。

でもたいていの夜は、意識のどこかが覚めていて、いい眠りを眠らせてくれない。魚網にのせられたサンマやアジだって、火に焙られて精いっぱいおいしく焼けたい、うっとり焼けたい、とこい希っている筈なのだ。生半可な焼け方をした魚が美味であるわけがない。それは魚にとって、くやしい生、腑甲斐ない生であるだろう。

ひさしぶりに〈泥の眠り〉を眠って、全身おいしくなったせいか、だいぶ昔に書いた上掲の詩を思い出した。私にしては、珍しく蛮カラ趣味のバーバリズムを採り入れている。この時もたぶん、こういう眠りに恵まれて、しかる後にこの詩が生れたのだと思う。収録詩集のページを繰ると、すぐ前には、つぎのような詩が組まれている。作品番号は〝2〟。

教えてほしい　起源《オリジン》の土の熱度を
神がその掌にとって
はじめての男　アダムを創り給うた

土の熱さ　土の粘り気

なりたいのだ　その土にわたしも
耀《かがや》かなひとりの息子を産むために

どのような火に　この身を焼《く》べたら
同じ熱度の土になれるか
わたしの髪　わたしの腕《かいな》
惜しみなくすべてを燃やし

掌に火傷した神の叫びで
新鮮な夜明けがはじまる　熱い土に

この時期の私は、土のことだけで頭も心もいっぱいにして、文字を綴っていたのだった。急いで書いて置かなければ――という思いに駆られて、取り組んだテーマだったが、それから三十年も生き長らえているのは、いのちの不思議というほかは無い。

これはこれは、から始まって

あっち

あっちへ行くの
あっちへ行くの
あっちが好きな　あっちゃん

とおくで　いいえ　すぐそばで
呼んでいるのは　だれでしょうね
ひかりかしら
風かしら
それとも　流れる水かしら

お日さまが　きらきら笑うと

あっちゃんも　きらきら笑う
そよ風が　そよそよ吹くと
あっちゃんも　お空を向いて
とびきり　とびきり　〝いいお顔〟をする

あっちへ行くの
あっちへ行くの
あっちが好きな　あっちゃん

こっちも　あっち
そっちも　あっち
どっちもあっちの　あっちゃん

最近ある書房から、野見山暁治画伯とコンビの豪華な詩画集が出た。豪華というのは、普及版のほかに、野見山画伯のオリジナルのドローイングが一点入った特装本が三十五部ほど今作られているからで、これが本体二十三万円だという。私の下手な毛筆書きの詩も数行添えられるが、そんなのは値のうちに入らない。野見山画伯の絵は一号五十万円で、三号分の大きさだから、それでもお買い得なのだそうである。噫！

普及版は、私などが時折出す詩集と同じ価額だから、こちらのほうが私の身に合っている。普及版でも部数が多い出版なのでそれが可能なのか、各頁四色刷りのかなりな美装本になっている。身に合うどころか、身に余る、と言うべきかも知れない。

選詩は、美術出版専門の編者におまかせした。アンソロジーの編集が好きで、これまでにも二十数冊手がけている私としては、腕が鳴るのだけれど、あえておまかせしてみたのは、どのような詩が専門外の人に好まれるのか、知りたかったためである。

はたして、私自身が選ぶのとは明らかにちがう、おもしろい結果が出た。収録作品二十数篇のうち、三分の一が、小・中学生向きに出版された詩集の中から選ばれている。児童文学にも近頃はボーダーレス現象が起っており、高齢者である私自身の詩——と自分では思いこんで、少部数出版の詩集に収録している詩が、児童向けのアンソロジーに採用されることが多くなった。今回は、それとは逆の場合である。

学習雑誌や小・中学生新聞でも、お子様ランチ的な詩は私は書かないことにしているので、おとなの人が読んでくれるのは、子どもに読んで貰うよりも、むしろ嬉しく、面映い。

上掲の詩は、その詩画集に選ばれている一篇。作者としても気に入っている作品で、詩画集のタイトルの相談を受けた時、『あっち』にしましょうか、と言ったほどだった。けっきょく「春」という詩の中からとって、『これはこれは』（2000）という題になったのだけれど、『あっち』にもまだ十分に未練がある。

それというのもこの作品、子ども向きに書いてはあるが、深読みをして頂けば、なかなかにおとなの詩でもあるのである。〈あっち〉とは〈あっち〉、つまり彼岸のこと。〈こっち〉も〈そっち〉も〈どっち〉も〈あっち〉だなんて、背中の幼児がそれを言うなんて、なんだかぞうっとするじゃありませんか。

昔、息子が三、四歳だった頃、ある詩の中で、こんな風に書いたことがあることを、思い出す。

——帰ろうよ
あそびの途中でふいにおまえは立ちあがり
そう言い出しては

思慮浅い若い母親を狼狽させた
おお、どこへ帰ろうというのか
おまえのうまれたこの家に
つながる血を紙テープよりもたやすく断ち切り
馴れ親しんだ玩具たちを未練げもなくほうり出して

どんな声がおまえをよぶのか
どんな力がおまえをはげしくひきよせるのか
母親は耳をそばだていっしんにききとろうとするが……（後略）

（『絵本「永遠」』部分）

母親には何ひとつききとることができない。幼児時代には具わっていた予知能力や異界との通信能力も、ハタチスギレバタダノヒトで、わが息子も、今は、こんな言葉はひとかけらもこぼしてくれない。したがって、のしのし歩くひげ男のあとについて行っても、詩の材料は拾えない。

母なるものの知恵

ノガモのお針箱

ノガモが沼を泳げるのは
水かきがあるからでした
骨は思想かも知れないのでしたが
水かきは知恵なのでした
ノガモのおかあさん
そのまたおかあさんのおかあさん
指のあいだに
水かきを縫いつけた
いちばん最初のおかあさん
そのとき沼には
どんなかたちの雲がうつっていましたか

土のうえには
なんの種子が芽を出しかけていましたか
やっぱりノガモだった
ノガモのおかあさん

私が生まれて育った筑波山麓の小さな村落では、縫いものをすることを「おはり」と言った。針という漢字をまだ知らない幼い日から、その言葉は私の耳に、優しくなつかしい響きを伴って、しばしば入ってきた。母は申すまでもなく、女たちは、夕食のあと片づけが済むと、思い思いの場所に坐って、針仕事、つまり「お針」をするのだった。それぞれが専用の針箱を持っていて、縫い針、くけ針、待ち針を何本も差した針山、指貫、へら、鈴をつけた小鋏など小道具のほかに、糸巻にきれいに巻いた絹糸や木綿糸、躾《しつけ》糸が蔵われており、光沢のある赤い糸を、母は「絹小町」と呼んでいた。そういう銘柄であったのだろう。

人々が、荒い口調でものを言うと評されている北関東のこの土地に、「お針」などという優美な言葉が（たぶん今も）使われていることに、ふしぎな感動をおぼえる。子守のことを「オトモリ」と呼んだり、父が話し相手に向って「キコウ、キコウ」と連発するのを、小学生の頃の私は恥ずかしく思っていた。しかし「キコウ」は「貴公」であり、「オトモリ」は「乙守」「弟守」であり、後者などは万葉集にもあらわれる古語で、恥じるどころか、誇りにしてもいい言葉なのだと、長じてから知った。

さて、お針箱——。私も女学生の頃は、桃色のセルロイドの針箱を持っていた。キューピーさんと呼ばれる、目のくりっとした、両手をひろげた可愛らしい裸の赤ちゃん人形も、やはりセルロイド製だった。セルロイドの櫛。セルロイドのおさげ止め。硝酸繊維素に樟脳を交ぜて圧縮して作ったというこの材質は、当時の娘たちには、セルロイド時代ともいうべき夢のある一時期を与えてくれた。待ち針の頭にも、色とりどりのセルロイドの花が付いていた。その針箱は失って久しいが、でも針箱なるものは、今でも持っている。気に入ったクッキーの空き箱代用ではあるけれど……。

写真と詩を組み合わせた本が近く某社から出ることになり、編集部が選んでくださった詩篇の中に、上掲の作品も加えて欲しいと提出した。若いおかあさんを読者対象にした出版物で、彼女たちは「お針箱」というものを持っていないか、あるいはその名称を知らないかも、と同世代の女性編集者さんは微苦笑した。ソーイング・ボックスとでも言い換えたほうが、読者の生活感覚にはぴったりするのかも知れない。ボックスの中には、絹小町や穌糸はもう蔵われていなくて、ミシン用の糸が主座を占めているのだろう。
ノガモは、野鴨である。漢字で書くと、作品の持つメルヘン風の味わいが、いちじるしく損なわれてしまう。まともになり過ぎて、発想の非科学性が、許せなくなってくるのである。ノガモと片仮名表記をすると、一瞬、北欧あたりの女の人のイメージが、ほうふつとするのではないか。針仕事をする女の人を重ねる必要がどうしてもあるわけで、いじましい、と言えなくもない手を作者はこっそり使うのである。

子供のカモの指のあいだに、泳ぎやすいよう水かきを縫いつけてやった〈いちばん最初のおかあさん〉って、どんなノガモ？　そのノガモには水かきは無かったの？　と聞かれると困ってしまう。発想が主観的であればあるほど、詩に限らずあらゆる文芸作品は、科学からは遠ざかるものであるのだから。造物主、などという大仰な言葉は持ち出したくはないのだけれど、そのあたりを、〈いちばん最初のおかあさん〉、と読みとって頂ければありがたい。

水かきではないが、第二次世界大戦中は、型紙を配布されて、有り布で足袋まで縫ったものだった。親指とその他四本の指を分ける極端な刳《く》りを、すんなり仕上げるのが難しかった。あの頃は、下駄にすげる鼻緒もくけた。自給自足の体験が、のちに、こんな詩を書かせることになったのかも知れない。

父よりも老いて——現代のジャック

ジャックの村

少年は知っている
市場へ牛を牽いていっても
いまではもう
五色の豆を持った男には出会えぬことを
ひくく垂れた廂の下の土は
せいぜい繁蔞《はこべ》に
いじけた白い花しか咲かせはしないことを

少年は知っている
天へ往く道しるべを
いっぽんの巨木にもとめて

終日斧を振りつづけている父の愚かさを
夕暮れ　父は
襤褸《ぼろ》のように疲れて戻ってくるであろう
倒れた幹が示すほうへと辿ってゆくと
鴽《ふなしうずら》の巣よりも貧しい
この村に着いてしまうのだ

少年は知っている
母が差し出すスープの皿には
神が誕まれたといわれる日にさえ
地上の草しか浮かんではいなかったことを
熱も出ぬのに少年はきょうも
川向うの学校を休んでしまう　そうして
手にすがった豌豆の蔓が
ほそほそと伸びていくのをだまって見ている

牛よりも痩せて
父よりも老いて

『つるのアケビの日記』(1971) 所収の作品。この詩を書こうとしたきっかけは、ある雨もよいの日山手線に乗っていて、度のつよい眼鏡をかけた、顔色の冴えない、十五歳くらいの少年を見かけたからだった。背丈のほどは腰かけているのでわからないが、小柄で痩せていて、定年間近い公務員のように腕組みをし、黒いこうもり傘を脇に立てかけて、瞑目していた。塾帰りか。それとも参考書でも探しに神田あたりへ出かけて行くところか。

農家や商家、自営業の跡でも継がない限り、高校——大学とコースを踏んで社会に出て、どこかの会社に就職して、コツコツ勤め、やがて定年。一生分の所得はいくらと、中学生のうちから今では算出できるのだと、聞かされたばかりであったので、おそらくこの少年にも、三十年後、四十年後の自分がすっかり見えているのだろう、それで、心をはずませるような夢も希望も持てず、かわいそうにあんな暗い表情で目をつぶっているのだ……と私は勝手に推測して、しばらく眺めていた。

現実性をまったく欠いた、童話や民話、伝説のたぐいなど、この少年は鼻先でせせら笑って、受けつけぬだろう。「ジャックと豆の木」という、よく知られたイギリス民話がある。主人公の少年ジャックは、ある日雌牛をひいて町へ売りに行くのだけれど、肉屋のおやじに巧妙に言いくるめられて、一握りの五色の豆と雌牛を交換し、村へ帰ってくる。おやじに言われた通り窓下に豆を蒔くと、豆は芽を出しするする伸びて、一夜のうちに、天にとどく太い蔓に成長する。ジャックは蔓を伝って天へと昇って行き、巨城を訪ねて……と胸わくわくの展開になるのだが、現代のジャックは、つまり腕組みをして目をつぶり、電車に揺られているあの少年は、唯一の財産である雌牛を、わずかな豆粒と取り換えたりする愚ははたらかないだろう。だいたい、そんなばかげた取り引きをしようと言いだす男など、いる筈がないと思っているにちがいないのだ。これでは話がはじまらない。

むしろ、父親の世代のほうに、ロマンチストはまだ残っているのではないか。それやこれや、思いめぐらすうちに、構想がまとまっていった。

ところで、少年とその父の住む村の貧しさを表現するのに、比喩として鳥の巣を用いたかった。貧しげな鳥はいないか。庶民的なイメージを持つ鳥に雀がいるが、賑やかすぎる。雲雀は告天子《こくてんし》という異名もあるほどで、裕福ではないが、天の一族と呼んでいい鳥である。烏、ダメ。鳩は平和のシンボル…。一日がかりで探して、やっと出会えたのがこの鵐《ふなしうずら》だった。

斑《ふ》さえも持っていないうずらだという。哀れなほどに貧しい。おまけに安い鳥だというのだから、この作中に据えるのに申し分がなかった。

この地球《ほし》の土——今夜のこの月から

土へのオード4

わたしは見上げた
ハクサンイチゲの群落を
白い小花は
わたしの足もとにむらがり咲いていて
この稜線の一角に

神の憩いの間のような敷物をひろげていた
なぜ　見上げた　などと感じたのだろう
顔をあげると
いきなり蒼穹が落ちてきて
わたしの足を掬った

受像機の中で
月の表面を人が歩いたのだ　昨夜
わたしの思惟はまだ
はるかなところをさまよっていて

その　はるかなところから　ふと
見上げたのだった　ひどくなつかしげに
可憐な花を

こんなにも咲かせる土をまだもっている　天体を

今夜は月蝕があるとのことで、午後十時から十一時にかけてそのようすが観測できるだろうと、夕刻からＴＶニュースが告げていた。日付が変るまで起きていることはほとんど毎夜のことなので、このたびもつき合うことになるだろうと、ケヤキの梢の上空で輝いている月に、時折チラリと目をやりながら、食事のあと片づけをしたり、夕刊をひろげたりしていた。

するうちにひどく睡気がさしてきた。月が欠けるのを見たってどうってことないじゃないのと、投げやりな気分になってきた。月蝕をモチーフにした詩は、何年か前に、もう書いてしまっている。書き了えたものに対しては妙にツメタイところが、私にはある。関心があるのはつねに、〈未だ書かざるもの〉あるいは〈これから書こうとしているもの〉なのである。半世紀書いていても、詩の上でかかわったのは、森羅万象のごく一部に過ぎないのだから、ほんとうは、もっとキョロキョロしなければいけないのだ。とわかってはいるのだけれど、睡気と地頭にゃ勝てない。あ、泣く子と地頭にゃ……だったっけ?

とにかく欲も得もなくただもう眠くて、やっとのこと二階の寝室に辿りつくと、ばったりベッドに倒れこんで、前後不覚になってしまった。

ふと目が覚める。枕許の時計を見ると、十一時ちょっと前である。まだ見られるかもしれないと、起きてカーテンの隙間からのぞくと、ケヤキの梢からは、だいぶ左のほうへ位置を変えている月が、ひとくち囓られたセンベイ状になっている。地球のどのあたりの稜線が、あの月に、あのような黒いカーブを描いているのだろう。

「わたしの影が、月に射しているわ」

蝕まれてゆく月を眺めながら、サンフランシスコに滞在中の男友達と、電話でやりとりをするという設定のその詩の中で、私に、そんなキザなことを言わせているのは、何年前の月蝕だったか。今は、こんな時刻に電話をしていい男友達もいないし、月蝕を見ても、ハッとするような新発見は得られそうにない。一度としてダイヤを乱すことなく、無数の天体たちが、これからも運行を続けて行くのだろうと思うと、それなりの感動も湧いてくるが、私を詩的につき動かすインパクトには乏しい。

一九七一年、アポロ14号の宇宙飛行士が、月面に第一歩を印した映像には、すごいインパクトがあった。上掲の詩は、ＴＶでその映像を観た翌日に書いた。足もとに咲く花を、見おろす、ではなく、何故見上げたなどと感じたか、説明を避けて表現するにはどうしたらよいか、かなり時間をかけて苦心した記憶がある。

詩集『土へのオード13』(1974)は、やがて私も還ってゆく土に、生きているうちに挨拶をして置こうと、一時期集中的に書いた十三篇の詩から成っている。その制作中に、人類最初の偉業を(映像ではあるが)目のあたりにできたことは、それこそ〝天からの贈り物〟であった。

文明の目に、あばたをさらすほかはなかった冷たい月に較べ、私たちの棲息するこの天体は、宇宙きっての〝あたたかい、佳い星〟であった。大切にしなければならない。

わたしは風——雲ではなく

雲

荒れ気味の夜
窓をあけると

あおぐろい雲が
ついそこまで下りて来て
もがき　逃げ廻り　蛇の様にのたうつてゐた

見てゐると
雲はひとつではなかつた
たくさんの雲たちが
あの様に　よつて　たかつて
すさまじい歌をうたつてゐるのであつた

すでに
雲は雲ではなかつた
それは　女の群像であつた
女たちの苦悩の姿であつた
さうして

嵐の来る前夜の空に
あの様に髪をふりみだし　たけり　くるひ
苦しんでゐるのであつた

いつまでも見てゐると
胸が圧潰されさうなのは　そのせゐだ
わたしは重苦しく窓を閉める

するとこんどは
はげしい雨が窓玻瑠《ガラス》をたたいた

——16歳のノートより

十代二十代の頃の私のほうが、現実を見る目がよほどしっかりしていたな、と思うことがある。こんな詩を読み返すと、なおさらその感がつよい。単純ではあったが、いちずだった。いたいけなげだった。きっぱりと生きていた。

もう半世紀いじょうも昔のことになるけれど、生家の窓際に佇んで、見あげていたこの夕刻の空のことを、私は今も忘れることができない。それほどすさまじい様相を雲は呈していたのだった。

このような詩は、それ以前、以後の私の作品の中でも珍しい。実景をそのまま写したリアリズムの詩といってもよいが、雲に私が重ねて見ているのは、髪を振り乱してたけり狂う、女たちの群像なのであった。「雲」と題してはいるが、テーマはべつのところにあって、実景の雲はメタファとしての役を担わされているに過ぎない、ともいえる。群れの中には、母もいた。叔母たちもいた。姉もいた。近隣のおばさんたちもいた。彼女たちは、表面おだやかに笑ってはいるが、内部には皆修羅をかかえていて、真実の姿を目に見えるように描き出そうとすれば、あの雲のように、苦しみ、もがき、のたうち回り、泣きすがって何かを訴えたがっているにちがいないのだった。

あんなふうになるのは厭だ。あんな生き方は哀し過ぎる。私はもっとはればれと生きたい。のびのびと生きたい。細くてもいい、〈ほかならぬ私〉という柱を、自分の中に一本うち立てたい……。そんなことを考えながら、私はまんじりともせず、その夜を過したように記憶する。

母が購読していた婦人雑誌のとあるページに、執筆者の名は覚えていないが、つぎのような内容の記事がのっているのを、ある時目にとめた。ドイツの女性は、自分の所得に見合った暮らししかしていない、つまり、両親や配偶者がいかに豊かな経済力を持っていようと、それに依存して贅沢をしようとしたりはしない、というのであった。なるほど、それが自立した生き方というのだろう、と私はすっかり感心してしまった。大人になったら、私も、そういう生き方をしてみよう……。

ずっとのちに私は、「わたしを束ねないで」という題の詩を書くことになるのだけれど、その下地は、「雲」を読むと、すでに十六歳の頃にできていたことに、あらためて気づくのである。

作中の一連を、ここに——。

わたしを名付けないで
娘という名　妻という名
重々しい母という名でしつらえた座に
坐りきりにさせないでください　わたしは風
りんごの木と
泉のありかを知っている風

つまにしたい野菜たち

JUNE=BRIDE

キャベツ畑で
脱いだのか　着たのか
衣裳持ちの　あのみどりの娘

きゅっきゅっと腰当《コルセット》でしめあげ
固太りのからだを誇らしげに
オート三輪の荷台にのせて
けさ　早く
町へはこばれて行ったよ

いちまい　いちまい

また惜しげもなく脱いで
いまごろはどこかの家の食卓の上
コロッケかエビフライの
ういういしいつまになってるのだろう

キャベツ畑を
月がしみじみ照らしてる
——さびしいね
　いずこも娘をよめにやった家は……

昔向山町といった、山手線恵比寿駅近くの坂の上から、ここ世田谷の瀬田に引っ越してきたのは、昭和四十七年のことである。周辺にはまだ畑がたくさん残っていて、成城からバスで訪ねてこようとする人には、停留所の名を教えたあと、道をつっ切ったらサトイモ畑に沿って右へ曲り、ネギ畑の終ったところを左へ折れて——というぐあいに、家までの道順を説明した。けれど、季節によって作物が変るので、時折検分にバス停まで歩いてみる必要があった。サトイモの葉は年がら年じゅう、首を振っているわけではなかったのである。家の前の六米道路も、ほとんど車の往来はなく、ときたまあねさん被りにモンペ穿きの農家の主婦が自転車で通り過ぎたり、近くのミッションスクールの若いシスターが、長い裳裾でペダルを踏んで風を切ってゆくこともあって、じつにのどかな風景だった。

　もちろん、春になるとモンシロチョウが多量に発生するキャベツ畑もあって、畑の持主（というよりもこの町の大地主）の小父さんが、若者に手伝わせて、オート三輪の荷台に収穫したてのキャベツを山と積んで、出荷するのを見たことがあった。

　このキャベツのことだが、私には、いまだにわからないことがある。いったん開いて日光を存分に吸って緑に育った葉が、あのように結球して色白になるのか、それともあの何枚もの葉は、一度も開いたことのない葉、つまり陽の目も見ずに巻き合ったまま大きく育ったものなのか。台所で、いちまいいちまい丁寧に剝がすたびに、疑問が生じる。成長の過程に、じっくりと立ち会ってみたい気がする。

　それにしても、穫り入れが終った直後のキャベツ畑は、なんと乱雑に散らかっていることだろう。ふだん着を脱ぎっ放しにして、出かけていった娘の部屋のようなしどけなさだ。私は、娘を持ったことはないのだけれど……。

キャベツよりも、少し気取った野菜にカリフラワーがある。このお嬢さんに、今回はこの文章のつまになって貰うことにしよう。

大学へ行ったキャベツ

カリフラワーって
大学へ行ったキャベツの
ことなんですって

そんな話を
昔　どこかで
聞いたか読んだか　いたしました

大学をめでたくご卒業の
坊ちゃまがたお嬢さまがたが
どっと社会へ送り出されたこの季節に
八百屋の店先では

これはこれは
カリフラワーの大安売り
ゆで過ぎないよう
気をつけて

大学へ行かなかったキャベツのほうは
生のまま繊切りにして
コロッケのつまにしても
挽肉を巻いてとろけるほど煮込んでも
それなりに頂けますが

さて学士さまとなると
ゆで方ひとつにも気を遣わなければ
なりません

にがく、酸い青春

五月闇

ひとことも
ことばをかわしませんでしたので
なにひとつ　はじまりもせず終りもせずに
あのひとは少年のまま
梅の木の下に　まだ立ちつづけています
うつくしいその横顔に
憂いのかげがあのように深いのは
木の下によどんでいる梅雨どきの闇のせいでしょうか

——青梅をたべると　死ぬんですって
——それならたべよう　今すぐふたりで

そんな他愛もないことを大真面目で
言おうとしていたのでした
聞こうとしていたのでした
わたしはわたしで
風邪でもひきこんだみたいに
ぞくぞく寒くなったりして……

梅は古木になりましたのに
わたしたちも　それぞれの土地で
それぞれに　うっすらと老いましたのに
幼い恋はあの日のままに
ふるさとの庭の　梅の木の下に立っています
折り折りは雨にも濡れ
青い死をひそかに実らせながら
梅の木も立っています

旧制の女学校の、一年生の晩春の頃だったと思う。前年の十二月から、太平洋戦争に突入していて、私たちの周りにも、戦時色が濃くなりはじめていた。全国の女学生に共通のヘチマ衿の標準服を、のちに着せられることになるのだけれど、当時はまだサージのセーラー服に襞スカートの着用が許されていた。村の小学校から、憧れの町の女学校へ、私は入学したのだった。えんじのリボンを胸に大きく結んでいた。

召集令状を受けた兄が水戸の聯隊に入隊していて、月に一、二度、ぼた餅やちらしずしを重箱に詰め、母と一緒に面会に行くのである。水戸線で終点の水戸まで行き、そこから聯隊行きのバスに乗るのだが、とある停留所を通過する時、長身の学生が路上に立っているのを見た。白線のついた学帽は、だいぶ頭に馴染んだものであったので、高等学校も高学年の学生であるらしかった。かれはそのバスには乗らなかったが、発車したバスの窓から見ている私と、目が合った。一瞬のことだったけれど、かつて体験したことのないときめきが、私の胸に生じた。高畠華宵が描く憂国の志士のような、うつくしい容貌の青年だった。

聯隊に着いて兄と面会し、重箱を渡してなにかと話しかけられても、私は浮かない顔をしていた。「どうした、風邪でも引いたのか」と兵隊服の兄が言った。

小半時もして帰ろうとした時、門に向って歩き出した私の足が、思わず釘付けになった。

巨きな桜の樹の下に、あの学生が立っていたのだ。かれも、身内の誰かに面会に来たのだろうか。しかしその様子もなくかれはただ、立っていた。葉桜の暗い陰が憂いの表情をいっそう深くしていた。

母に促され、その前を通り過ぎる時、私は二度と会えないだろうそのひとの、学生服の胸ポケットに縫いつけられた、白い小布の名札を見た。「○○」と姓だけが読みとれた。大胆なことをしたものだが、せめて名前だけでも知りたいと、いっしょけんめいだったのだ。

家に帰ると、春だというのに、火鉢を抱えこんで部屋に閉じ籠ってしまった。「やっぱり風邪を引いたようだね」と母は言って、くず湯を運んできてくれた。そうではなかった。生れてはじめて、私は恋をしたのだった。

そのひとの名と学帽の下の面差しは、今でも深く、私の胸に刻みつけられている。

さて、上掲の詩――。ふるさとの家の庭にも、古い梅の木はたしかに在ったが、その木の下に私は、言葉を交わすこともなかった行きずりのそのひとを、幼馴染みのようにして、立たせてみたかった。葉桜の頃よりも季節はさらに夏へとすすんで、梅の木の下に漂う闇は、さらに深い。

そのひとも何処かで、静かな老年を迎えているのであろう。それとも、学徒出陣で戦争に狩り出され、南の空に散華したか。私の通う女学校の教室が七つもつぶされ、旋盤やタ－レット、ミーリングといった機械が運び込まれて、兵器工場と化すのも、それから間もなくのことだった。私たちがそこで造らせられていたのは、片道燃料で敵の航空母艦に突っ込んで行く特攻機の、心臓部に取りつける気化器という部品だった。そのひとの死に私は、加担していたのかも知れなかった。

異文化との出会い――鳥も、草木も…

ひばりの様に

ひばりの様にただうたふ
それでよいではないですか

からすが何とないたとて
すずめが何とないたとて

ひばりはひばりのうたうたふ
それでよいではないですか

いのちの限りうたひつつ
ゆふべあかねの雲のなか

胸はりさけて死んだとて
それでよいではないですか

トネリコ、ニワトコ、ウマノアシガタ、キツネノボタン、ナンバンギセル、ヒースなどなど、実際には見たことのない木や草花に、外国の詩や小説の中で出会って、あこがれる癖が少女の頃の私にはあった。ヒースというのは、たしかエミリ・ブロンテの小説『嵐が丘』あたりにしばしば出てきたように思う。のちになって映画館で、西部劇か何かを見ている時、荒野を土埃と一緒に竹籠みたいにくるくる転ってくるものがあって、それが烈風に根こそぎやられたヒースだと知り、感動したことがあった。

植物名を、今は新聞などでは片仮名表記する場合が多いけれど、私が愛誦したグールモンの「むかしの花」（上田敏訳）という詩には、数十種の花が漢字を当てて表記されており、わけてもつよく印象づけられたニオイアラセイトウという花は、〈匂阿羅世伊止宇〉と万葉仮名まじりで書かれていた。ために一層興味と関心をそそられる結果になった。「わたしを束ねないで」という小詩の中で用いた〈あらせいとう〉は、英名はストックで、このほうが通りがよい。けれど、最初に知った花の名を、ぜひ一度、詩の中で使ってみたかったのだった。ニワトコなども昔の文芸書には「接骨木」と表記されていて、どんな木かとイメージをかきたてられたが、「その辺に生えてますよ。ほら、それ」と、客を送って外へ出た時、家の近くでしょっちゅう目にしている見栄えのしない木を客に指さされ、がっかりしたことがある。文芸の中で出会った植物は、文芸的なたたずまいを持ってたちあらわれてくれなければ、困るのであった。現実が後回しになる性癖は私の弱点で、年経た今もすっかりは治りきっていない。何分にも私が生れて育った環境には、木や草花といえば、ケヤキ、カシ、キリ、スギ、クワ、カキ、キク、コスモス、サルビヤ、スミレ、タンポポ、レンゲソウくらいなもので、実際にはもっとあったにちがいないが、子供の私がおぼえている名前はそんなものだった。

鳥にしても、そうである。ニワトリは卵を産んでくれるものとして、かなり幼い頃から認識はしていたが、あとは、スズメ、カラス、ヒバリが、上掲の詩を書いた十三歳当時の私の知る鳥類のすべてだった。

ヒバリという鳥には特別に尊敬の念を持っていた。〈深い井戸に落ちこむように／空の深みにはまってゆく〉（「あこがれ」）と長じてからは表現しているけれど、この小柄な鳥は、青い麦畠から空に向って、まっすぐに舞いあがってゆく。そうして、胸も裂けよとばかりに、空いっぱいにおのれの歌をひろがらせるのである。この詩は、子供ながらに頑固なほどの主張と開き直りがある。家か学校かで、何か叱られたあとでもあったろうかと思うけれども、思い出せない。

ダットサンという小型の乗用車を持っているのは、村で一軒、医院をいとなむ家だけで、チョビひげの先生がおっかなびっくり運転して村道を行くと、農家の垣根のウノハナの枝が車体をこする。そんな草深い田舎で育ったので、書物の中で見聞する物も事柄もすべてが珍しく、幼な心をときめかすに足る異文化であったのだ。童謡の中で出会ったカナリヤさえもそうだった、と言ったりしたら、今の若い人たちは笑うにちがいない。金絲雀と華麗な文字を当てられているこの美しい鳥を、はじめて目にしたのも、敗戦後東京に移住してからのことだった。

〈歌を忘れたかなりやは……〉にはじまる有名な童謡「かなりや」の作者西條八十が、東京の戦火をのがれて隣り町に疎開してきたのは、昭和十九年一月のこと。私は数え年十五歳になっていて、この「ひばりの様に」やいくつかの詩を清書したノートを抱え、ほどなく八十の仮寓を訪ねることになるのだが、この詩人との出会いが、私の人生最大の〝異文化との出会い〟ということになるのかも知れない。

つめたい花びら――王朝風に

春寒

夢のなかに

こよいもお訪ねくださるであろうあなたの
足もとを照らすようにと
枕もとのあかりをつけたまま眠ると
まぶたのうちらは
灯を入れたぼんぼりのようです

その明るさのなかへ
はらら　はらら　桃の花が散ります
ろうぜき　というほどのものではないにしても
すこしお酔いになったあなたが
花の枝をたたきたたき
おいでになりますからでしょう
でもあなたは
いつまでたっても障子にうつった影絵のようで
うすあかいのは桃の花びらばかりで

はらら　はらら
わたしもすこし泣いたのでしょうか
ぼんぼりが揺れて
あなたの影絵もにじんで消えて
こよいの夢は
ひんやりつめたい花びらばかりとなりました

夢は五臓六腑の疲れ、と昔の人はよく言ったが、私の内臓も長年こき使われて、はなはだしく疲労しているらしい。熟睡することはまれで、短時間うとうとするだけですぐ覚める。その眠りからはみ出すほどに愚にもつかぬ夢を、つぎからつぎと見るのである。

けさも明け方、「はいっています」とはっきり答える自分の声で目が覚めた。寝室用の手洗いにはいり、これから用を足そうとしていると、そとに誰かがいて、扉を開けようとする気配。それで思わずそう言ったのだが、ひとり暮しで、しかも夜明けに手洗いを使おうとする者が、ほかにいる筈もない。夫は他界して七年になり、先頃家も建て直して間取りも以前とはちがっているのに、時折霊のごときものが帰宅して、あちこち歩き回っているのかも知れない。

けさの夢は自宅の手洗いであったので、落着いたものであったけれど、出先でトイレを探す夢はしばしば見る。公衆便所をやっと探し当てたものの、汚れ過ぎていてどうにも使う気になれず、逃げるようにとび出して来てしまったり、そうかと思うと珍しく畳を敷いた和式のトイレで、便器の蓋をとるとなんと穴があいていなかったり、要するに用が足せなくて切羽詰って目が覚める、というおはずかしい夢だ。

子供の頃、野原へ遊びに行き、尿意をもよおすと、友だちは草むらにしゃがんで気楽に用を足してくるのに、どうしても私にはそれが出来なかった。どんなに遠くても家へ走って帰るのである。冷汗をびっしょりかいたそんな幼時体験が、いまだにトイレで苦労する夢を私に見させているのにちがいない。

学校に遅刻しそうになる夢にも、かなりな年齢になるまで悩まされた。近頃は、行く先がさすがに学校ではなくなったが、パーティや会議が始まる時刻になっているのに、まだ出かけるどころか、背中のファスナーがどうしても引き上げられない、ストッキングを何度はき替えても色が気に入らない、という式の夢にはしょっちゅう脅かされている。

このたびは、桃の節句も近いので、こんな夢の詩を読んでいただくことにした。手洗いや遅刻に怯える夢ばかりでなく、ときにはこんな甘美な夢も見るのである。

夢の中に訪ねてくる男は、勤め帰りの背広姿でも、ノーベル賞の田中さんみたいな青いジャンパー姿でも、それはそれなりに素敵なのだけれど、ここでは桃の節句にちなんで、烏帽子《えぼし》に狩衣《かりぎぬ》直衣《のうし》の王朝仕立てにしてみた。そうとは書いていないが、そのようなイメージが浮ぶような表現にしたつもり。桃よりも桜のほうが似合うイメージかも知れない。しかし桜では春爛漫になってしまい、季節感が微妙にちがってくる。

こんな艶っぽい夢は、ふとんの中がぬくぬくとして、やや温か過ぎると感じる時にふと見たりする。足の先を夜具の外へすべらせてみると、室内の空気は冷えていて、ほてった甲や土踏まずに、ひんやりと心地よい。

題名の「春寒」は、春になってもまだ残っている寒さのことで、一般にはシュンカンと読む。でも、女学生の頃、師西條八十の作品の中に、ハルサムとルビを振った詩があって、私も一度使ってみたいとずうっと思っていた。この季節の寒さを余寒ともいうが、ヨカンではどうも、音がしまらない。あのひんやり感が、出ないのである。

旋律のつばさに乗せて——風に　風から

冬はあまりに…

野原に萌え出す草のような
やわらかな文字で
てがみを書こう
ことしはじめて咲く花のような
微笑をうかべて
あのひとと会おう
冬はあまりに長すぎました
鏡の中にも　木枯らしが吹き荒れ
雪が降り積みました
かたくなに閉ざしたままの　この心にも
もういちど

春がめぐって来てくれるなら
来てくれるなら

四月

ゆうべ書いた恋ぶみを
出そうか　出すまいか　と
さっきからポストの前を
往ったり来たりしている少女がいます
それが気がかりで吹き過ぎられず
やはりポストの前を
往ったり来たりしている
気だてのやさしい風があります
いっこくも早く花の山へ
つぼみをほどきに

駆けつけなければならないのですが…

一九八三年四月号から四年間、日本放送出版協会から出ている「きょうの料理」の扉ページに、毎号写真に添えて詩を書くしごとをした。被写体は旬の食材や和風のオードブル、古くから親しまれている和菓子のたぐい。しかしそれには捕われず、自由に季節の詩を書くようにとのことなので、毎月届くカラー写真の料理を目だけでおいしく賞味したあとで、一ページにほどよく組まれる十数行の詩を書いた。上掲の詩はその中の二篇。心の一番やわらかな部分を素直に出して書くことができた。

このような書き方をした詩が、私の場合ひと様の目にとまってお褒めにあずかることが多い。一般受け、という言葉でくくってしまうわけにもいかない気がするのは、私が比較的気合を入れた詩集『土へのオード13』(1974)の中で、解説の大岡信氏がとり上げてくださっている詩が二つとも、女性週刊誌やそれに類する雑誌に書いた詩だったからである。両誌ともいわば一般向けの雑誌だが、大岡さんは一般人ではない。詩人としても評論家としても超一流の人である。それゆえ私は考えこまざるを得ないのだ。たぶん私が同人雑誌や詩の専門誌に書く詩には、現代詩として通用する作品を書こうという一種の気負いがあって、それが詩に柔軟性を欠く結果をもたらしているのかも知れない。それならばそんな気負いはもう捨ててしまえ、と思ってもみる。だが、時としていい音を出す絃を一本、ピンと張りつめさせてくれているのは、ほかならぬその文学的気負い、緊張感にあるのだから……ともう一人の私が、言うのである。たしかにそれを捨ててしまうと、書く詩の一行一行が、だらしなく弛んでしまうにちがいないのだ。

さて、ここに挙げた二篇に、やはり短詩の「秋なのだから」と「かざぐるま」を加え、『風に、風から』というタイトルをつけ、優しく美しい組曲に仕上げてくださったのは、作曲家のほとんどが師と仰いでいる三善晃氏。三善さんとコンビの組曲にはすでに『どこかで』があり、どちらも曲集が出版されている。

合唱界の事情は私にはよくわからないが、今コーラスが日本中でいかにさかんであるか、今春四月二十七日から五月五日にかけて都内のいくつかのホールを用いて開催されたTOKYO CANTATA 2003 のプログラムの一つ、「三善晃と詩人たち」に出席してみて、圧倒された。二千二百人収容のすみだトリフォニーホールは満員の盛況。詩だけではとてもこれだけの聴衆は集められない。それに、会場を埋めた人々のおおかたが、それぞれの地域で、グループを持ち、合唱活動をしておられる様子なのだ。

ちょっと愛らし過ぎて気がひけるが、比喩的に言えば詩は〈森の眠り姫〉である。かび臭い本の中で眠り続けている詩を、優しくゆすり起して目覚めさせ、旋律と音声に乗せて明るい光の中へはばたかせてくださるのは、作曲家と歌い手の方たちである。白馬にはお乗りではなかったけれど、ステージに上って挨拶をなさる三善さんが、その日私には〈王子様〉に見えたのだった。

火のそば、水のそばで——五官を通して体得してゆく

水

泣いているのか　夜更けに台所で
ぽと　ぽと　と垂れる水滴
陽の目も見ずに

暗い下水道へ流れこまねばならぬ運命を
コップに受けよう　深い大きなバケツにも
おまえはいつだって　今がはじまり
いま在るところが　みなもと
どんなに遠くからやってきたとしても

わたしを通ってゆきなさい
わたしはそれで活力を得て一篇の詩を書きます
あしたになったら
ユリの茎のリフトも昇ってごらんなさい
階上には聖なる礼拝堂がある
それとも庭にくるキジバトに飲んでもらって
思いがけない方角の空に飛んで行く？

ああ　わたしがときどき流す涙も

ぜひそのようでありたい
萬象《ものみな》のいのちをめぐり
悲しみの淵をほぐし
つねに　つねに
天に向って朗らかに立ち昇ってゆく……

先ごろ家を新しく建て替えた時、せめて晩年はもの書きらしく机に向かって……と書斎と呼べる部屋もこしらえたのだが、出来上がってみると、私は相変わらずほとんど一日じゅうを台所で過ごしている。四六時中火にかけた鍋の番をしているわけではなくて、食卓の一隅に陣取っている時、一番心が落ち着くのである。

改まって机に向かう、というその改まり方がもの書きぶって気障《きざ》で、そう思うだけで心がしなやかさを失い、強張ってしまう。今風に言うとカタマッテしまう。詩はそのようにして書かれるものではなくて、何気なく立ち上ったり、お茶をこぼして濡れた食卓を拭いたりしている時に、脳裏の一隅にふと立ちあらわれるものなのだ。それを捕えてしまえば、あとはまあ、机に向かってまとめられなくもないが、しばらくは文字にしないで、その立ちあらわれたものに、頭の中を、気ままに歩いてみて貫いたいのだ。するうちにそのものの素性や性格や目的がはっきりとしてくる。ぽちぽち言葉も吐くようになる。それを聞きとって書きとめるには、構えた姿勢はとらずに、普段と変わらぬようすでいたほうが、よいのである。そうしたデリケートなプロセスを経て生まれた詩が、私としては好きなのだけれど、小学生の宿題みたいに、テーマを与えて（あるいは与えられて）、書く場合もある。そういう詩は、いきおいメッセージ性がつよくなる。

上掲の詩などは、そのひとつと言えると思う。想を得たのは、やはり台所。古い住まいの時で、ある真夜中、蛇口のパッキンが弛むかして、水道がポトポト水を滴らせていた。その音は、せっかく遠くからやってきたのに、水としてのはたらきを何ひとつ果たすことができず、暗い下水道に流れこまねばならない運命を、嘆いているかのようだった。で私は、コップに受けよう、バケツにも、と実際に応急処置をして不仕合わせな運命の水を慰さめた。物理的ないたわりだけでなしに、〈おまえはいつだって　今がはじまり／いま在るところがみなもと〉と、言葉をかけてやっている。この二行は、この詩を書くにあたって、一番深く考えた箇所だった。水の運命を考えながら私は、このことを発見した——とその時点では、得意になっていたように思う。

しかし、ずっとのちになって、必要があって折り折りに読んだ幾冊かの書物で、同じことを、すでにレオナルド・ダビンチが、老子が、良寛が、言っているのを知ったのだった。おおかたの真理は、すぐれた先人たちによって、言いつくされているのにちがいない。けれども私は、それを実生活の中で、自分の五官を通して体得してゆきたい。それには原初の人たちがそうであったように、水や火のそば——つまり台所が、私には最もふさわしく思われるのである。

〝ことば〟を表現の道具として——『ひきわり麦抄』

■ぬきさしのならぬこころを……

あのひとの詩が
ことばを繁らせ　さらにことばを被せてゐるのは

こころを　かくしたいからなのでせう
雉鳩が　繁みに巣をかけ
そこにたまごを産むやうに

ぬきさしのならぬこころを
わたくしはたまごのやうに掌にのせ
ひかりのはうへ差し出したく
まづ巣を発見しようとして
葉を　枝々を　はらふのです

■渡りかけて　こころはふいに……

ことばが　ときに　吊り橋みたいに揺れますので
むかうへ　たどりつけるかどうか　あぶないものです
渡りかけて　こころはふいに　立ちすくみます
ロープが切れ　渡り木がバラバラ　谷底へ落ちてゆきます

こころもバラバラ　落ちてゆきます

■夜ふけに草をしめらせた露が……

ことばはいつ　詩となるのであらう
猿に嚙みくだかれた木の実が
むろの中で年月を経て酒となるやうに
夜ふけに草をしめらせた露が
あけがた葉末で玉となるやうに

作曲家林光さんから、最近嬉しいお便りをいただいた。私の詩集『ひきわり麦抄』のなかから、上掲の三点に曲を付けたい、というお申し出である。林光さんと私との関わりは、「銀巴里の頃」でも触れているので、ここでは省略する。一口に言えば、私の詩に最初に曲を付けてくださった方――。いらい今日まで、いくつかの詩に作曲はしていただいているもののの、絵葉書にポチポチした文字で横書きにされたお便りを眺めていると、若しかして私の詩に曲を付けてくださる最後の作曲家さんになるのでは？　という思いが、ふと脳裏をよぎる。そう思っても不思議ではない四十年の歳月が、最初の時から流れているのだ。それならそれで、首尾が調う、というものである。

近年は幾人もの作曲家さんが、私の詩に曲を付けてくださっており、一つの詩に四つも五つも曲が付くという具合で、三百曲になんなんとしているのだけれど、このひきわり麦抄に手を触れてくださる作曲家さんは、いなかった。作者である私が読み直してみても、これが歌になるとは、とうてい思えない。現代の作曲家の皆さんは、散文体の日記にでも書簡にでも曲をお付けになるから、技術的には朝めし前のことなのだろうが、心の中のひとりごとみたいなこれらの詩が、ステージで、多くの声によって歌われる合唱曲になるものだろうか。

ママさんコーラスが全盛の今は、歌いたい詩をあらかじめグループが選んで、作曲家に委嘱する、という場合が多い。このたびの林光さんのお仕事も、某劇団が持っている合唱団からの委嘱によるとの事だが、選詩は確実に林光さん――という事情が、文面にはなくとも、すぐに察しがつく。全詩集を献呈して、しばらく後にお会いする折があった時、「『ひきわり麦抄』のような詩が、ぼくは好きです」と、洩らしてくださったことがあったからだ。そのことが今の私をとりわけ喜ばせているのだった。

この詩集は、私ども詩に携わる者が、表現の道具として用いている〝ことば〟についての折々の思いを、フラグメント風に書き留めたもので、いわば、工房の秘密、工人の吐息、といったものである。考えがあって、旧仮名を用いている。同じ道をゆく人にしか興味を持って貰えないと、最初から踏んでの出版だったのだが、作曲家の林さんが目にとめてくださったのは、〝音〟もまた、作曲家にとっての〝ことば〟であったからなのだろう。

それなら、〝声〟はどうか。声もたぶん肉体が発するいのちの〝ことば〟。たましいの〝ことば〟。ロゴスにまだ侵されていない、全人類に共通の、本然の〝ことば〟であるのかも知れない。どのような合唱曲になって歌い出されるのか、いつにない厳粛な気持で、私は待っているのである。

ギリギリの場での扱《しご》き——三度の書き直し

記事にならない事件

見ましたか？　とある森かげ
しなやかに伸ばした少女の腕から
枝がのび　葉が生えて
みるまに　いっぽんの木になってしまったのを
見ましたか？　青年がその木のそばで
紺の上着を脱ぎ捨てた
とみるまに鳩になったのを

（電話のベルは　鳴りっぱなし　鳴りっぱなし
誰も出ない　誰もいない　今日は日曜日）

郊外電車にあかりがつくと
人たちはそそくさとまたにんげんを着て
ビジネスの街に帰ってくるが
聞きませんか？　この頃近くの牧場では
休日のあと　見馴れぬ馬が
一頭や二頭　きまってふえているという話を

（電話のベルは　鳴りっぱなし　鳴りっぱなし
誰も出ない　誰もいない　月曜日が来ても）

「この詩には特別な思い出がある。」と犬塚堯さんは、私の詩一篇を選んでつづるエッセイを書きはじめている。（花神ブックス3『新川和江』1986）ご自分が詩人の仲間入りをするきっかけにもなった詩であるので、特別な思いをずっと持っていてくださったのだろう。

初出は一九六六年七月十日朝日新聞の日曜版。犬塚さんは当時特集版のデスクで、「口の詩・目の詩」というユニークな企画をたてたものの、西部本社から東京本社に移ってきたばかりで、詩人たちとはまったく交渉が無い。で、朝日の先輩記者だった詩人の安西均さんに推薦を頼んだ。秋谷豊さんと私は兄貴分の安西さんに連れられ、その頃有楽町にある朝日新聞社に出向いて行った。

「曲のない名前をもち、草木染めの和服を着て、束髪、白皙のこの女性が詩人なのかと疑った。」

　私についての第一印象を、犬塚さんはそう記している。

　ともあれ三人が交替で書く順番が決り、私は初回の「記事にならない事件」を社に届けに行った。日本の経済は高度成長を遂げつつあったが、その陰で、勤務先や家族の前から姿を消してしまう人々がいた。蒸発という言葉が流行った。企業戦士でなくとも、多忙で無味乾燥な都市生活から逃げ出したいと思っている人は、たくさんいるにちがいなかった。そうした世相をメルヘン仕立てにした詩で、カッコ内の繰り返しがミソだった。二度目の終句は〈月曜日が来ても〉としている。休日が終っても誰も帰ってこず、東京は無人都市となるのである。かなりスリリングでしょ、と自分では思っていた。ところがデスクのOKが出ない。不思議な現実感があって面白いが、何百万人という読者を頭に置いてみると、いまひとつ通りの悪い個所がいくつかある、というのがその理由だった。

致し方なく持ち帰り、無い頭をひねって手直しをし、翌日また届けに行ったが、デスクはまたもや首を振った。これまでにも新聞に詩を書いたことは幾度かあったが、いいとも悪いとも言わず受けとってくれるのが常だった。とほうに暮れてとぼとぼ歩き、東銀座にある安西さんの第二の勤め先まで、助けを乞いに行った。

「自分で考えることだね」ときびしい一言を放ったあとで、それでも安西さんはこうつけ足してくださった。「この鳩の羽、ほら、ここ、るり色――。こんな甘っちょろい言葉は使っちゃダメ、ということよ」

なるほど、それまでの私の詩の弱点が、それで一挙にわかった気がした。

三度目にようやくパスし、宇野亜喜良さんのイラストがついて掲載された。長い髪を裸に巻きつけたか細い少女と、やはり半裸の鳥神が立っている図で、

「ヌードのイラストが朝日に出たのははじめて、と社内で騒いでいるよ」

と犬塚さんはカラカラと笑った。詩のほうも読者の評判はよい、とご機嫌だった。

この型破りな快活な記者が、第四次南極探検隊（1959）に特派員として加わり、あちらでは隊員向けのガリ版新聞に即興の詩を毎回書いていたことがわかり、この特異な鋭い感受性をもつかくれた詩人を世に押し出そうと、今度は私たちがやいのやいの言って彼を悩ますこと

になった。

こうして出された詩集『南極』は、たちまち注目の的となり、詩壇の芥川賞といわれているH氏賞をその翌年受賞した。最初作者が『ラングホルデの氷山街』と表題をつけていたのを、そんな舌を嚙みそうな長たらしいタイトルはダメ。ずばり『南極』にしなさーい、と強引に主張してそう変えさせたのは私だった。いつかの仕返し？　いいえ、お礼をこめてのお返し。

その犬塚さんも、安西さんも、もうこの世にはいらっしゃらない。詩を書きなずんでいる時、私はとぼとぼ、教えを乞いに、どこへ歩いて行けばよいのだろう。

「いのち」の詩学

新井豊美

詩の言葉は時代の感性の中から生み出される。その意味で時代に規定されているが、同時に詩は時代を超えた永遠に属する言葉でもあって、詩人はその中で自分の言葉の在り方を問いつづけることになる。本書は『詩の履歴書』とあるように、詩人新川和江が自分の詩的経歴を自作詩と解説でたどる「歌物語」であるとともに、詩はどのようにして生まれるか、詩人の感性とはどのようなものかを語りながら、詩についての考えを明らかにしてゆく詩論の書とも言えるだろう。

この詩人が詩にめざめたのは一九四〇年代の、戦中から戦後への過渡期にあたる時期だが、少女の彼女は、郷里結城の隣町下館（現在の筑西市）に滞在していた象徴派詩人で作詞家の西條八十を訪ねて教えを請い、やがて才能ある新人として戦後の詩界に歩み入ることになる。だがそこで出会った一九五〇年代の「戦後詩」の世界はすでに戦前の詩を脱ぎ捨て、思想や言葉そのものを重視する「現代詩」の時代に入っていた。この本は、そのような現代詩のありかたに感じたつよい異和感と、それへの反発を語ることから始まっている。それは彼女がうちなる自然に従い、「もの」の手応えから生まれる実感の詩学の発見へと向かう過程でもあるのだが、それを読むとき、私たちはこの詩人が現代詩が捨てて顧みないものの手触りを大切に、自分らしい言葉の世界を築きあげていった自立した歩みを知ることになる。

　本書のとくに前半で、詩人は五〇年代のいわゆる「戦後現代詩」の時代に書いた自作詩を引用しながら、「現代詩」への異和を繰り返し語っているのだが、その異和の理由は、彼女の詩が「戦後現代詩」が求める思想や理念や、そこから発せられる観念の言葉と、あきらかに異なる位相にあることが挙げられるだろう。それがどのようなもので、如何にこの詩人を苦しめ困惑させたかは、本書を読んで直接具体的に知っていただくしかないが、たとえば詩人はつぎのように言う。「私は前詩集『絵本「永遠」』収録の「chanson」という詩の中でも、愛をモチーフにしてうたっている。（中略）〈世界がなんでしょう／文明がなんでしょう／わたしにとってとてもだいじな愛《アムール》　愛《アムール》〉と居直って見せたりしている。そして、愛の詩も書けなくなった詩人たちの不幸がいつからはじまったかといえば、それはえらい先生（T・S・エリオットを指している）が、詩は文明批評でなければいけない、などと言い出した日からだとしている。今日のように価値観が多様化し、多様な詩が受け入れられる時代と異なり、当時の現代詩は文明批評一辺倒であった。（中略）愛は、生や死と同じように、詩の主題として大きなウェートを占めて然るべきなのに――と私は不満だった。（中略）現代詩へのアンチテーゼとして、私はこれらの詩を書いたのだった」と。

　ここで彼女が主張するような「異議申し立て」、つまり観念に対する現実、抽象に対する実体の側から発せられてきたその異議申し立ては、新しい時代の声高な主張に消されてほとんど声として聞き取られることはなかっただろう。とはいえこのような申し立ては、女性たちの詩の歴史の中ではつねに訴え続けられてきたことで、たとえば深尾須磨子の「本来、（詩は）人のいのちから生まれるものであって、詩学や詩法の優先すべきものではない」という言葉は、観念の言語に対する実体の側からの反論として印象的な言葉である。

新川さんが「戦後現代詩」に感じた異和は、一言で言えば生きている人の「いのち」という確かな手ざわりを欠いた、その意味で空なる「観念」の言語に対する異和であり、それに向かって彼女は「愛」という「いのち」そのものの、その全体性を提出して見せたのだ。かつてこの詩人の詩に寄せて石原吉郎が述べた有名な言葉、「新川和江にあって、愛とは地軸の傾きと同義であって、修正の余地のないものである」を思い出すとき、彼女にとって「いのち」そのものである「愛」の確かさを「地軸の傾き」に例えた石原吉郎の詩的直感力に感嘆させられる。「詩の言葉が、〈熟した豆がひとりでにはじけてこぼれるように〉、私の中で熟して外へとはじけ出すことを、私は願っていた。理念にもとづいて頭でこしらえあげた詩は、鉛の活字の臭いがするような気がした。四角い文字、つまり漢字で表記される観念的言語にも、違和感を感じた。まるい肩の、やわらかな手ざわりの平がなを好んで用いた」と彼女が書くとき、言葉は熟した実が地にこぼれるようにおのずから大地の上に零れ落ちるだろう。

そのとき、「詩の履歴書」はかぎりなく彼女自身の「女の履歴書」と重なってゆくはずだ。彼女はそのことを身体という自然の奇跡、妊娠と出産の過程からも学びとることになる。そこで得た、わが子という他にくらべようもない確かな「実体」、それは「比喩」としての言葉では決してあらわすことのできない存在のかがやきを体現していた。「私の中に、かぎりなく豊かな自然がひろがりはじめた。（中略）草や麦や果実たちや、昆虫、魚、小鳥、けものたち、あらゆるものを生み出す大地そのものになったような、生命感にあふれた、ぬくとい感覚」と彼女はその喜びを表現しているが、言うまでもなくそのようないのちあふれる「実体」と言葉の関係は、物とその影のような関係にあって、詩人である彼女は、言葉を持つことの危うさを耐え続けなければならない。「一本の樹木を見ても、実体というものの持つかがやきに私は圧倒され、土間の隅にころがっているじゃがいもを見ても、目の前を走り去る犬を見ても、「負ける、負ける」と心で叫び、記号化された言葉を繰って詩を書くことが、いかに空疎で手応えのない作業であるかを思いやった」と言う。

新川さんは言葉の技法のたしかさ、巧みさにおいて並外れた才能を持つ詩人だが、だからこそまた比喩の危うさを知り尽くしている人でもあるだろう。かつて詩人は「おお／比喩でなく／わたしは　愛を／愛そのものを探していたのだが」（「比喩でなく」部分）と歌ったが、彼女が己の詩の迷いをこれほど率直に語って見せたことに私は驚かされ、あらためてこの詩人が積み重ねてきた言葉の上の苦闘を思わずにはいられなかった。

いま、この詩人にとって詩は「現代詩」という概念を自由に超えて、自然な生命の広がりを実現しつつあるように見える。そこで「おおかたの素朴な読者は、実人生を生きていく上でのヒントとなる一行を、詩の中に求めている。教えられ、勇気づけられ、そうして、久方ぶりの雨に濡れる草のように、慰められることを――」という詩人の言葉は、詩の読者についての貴重な証言であるだろう。また「歌」や「わたしを束ねないで」などの名詩を生み、いくたりもの作曲家の目にとまって、ソロや合唱曲となり、多くの人々に歌われている経緯が、後半集中して語られていることも興味深い。詩人は言う。「散文ではなく、詩という器《うつわ》に感情や思惟を注ぐことをなりわいとしている私が、注ぎいれた器をかかげて、歌、あるいはさらにやわらかく、うた、とおずおず呟く時、何者かに対して、捧げる、讃える、お礼をいう——といった、たいそう謙虚でしかも至福にみちた自分になっていることに、気づく。／歌、うた、としか呼びようのないものを、詩歌の原点、純粋エキスと思いこんでいるところが、私にはあるのだろう」と。「何者かに対して」詩を捧げるという行為が、自分を「至福にみちた」者にするとは、何と美しい言葉だろう。ここには「現代詩」と「近代詩」、観念と実体、詩と歌など、あらゆる二項対立を超えた純粋な詩の悦びが語られている。

引用された数多くの詩は、私にとってこれまで読む機会がなかったものが多く、しかも魅力的な作品揃いであることが嬉しかった。心の赴くままに書いた作品らしい伸びやかさ、発想の自由さ、あたたかさ、さらに歌謡にも通じてゆくような懐かしさがそこにはある。

わたしを通ってゆきなさい
わたしはそれで活力を得て一篇の詩を書きます
あしたになったら
ユリの茎のリフトも昇ってごらんなさい

階上には聖なる礼拝堂がある
それとも庭にくるキジバトに飲んでもらって
思いがけない方角の空に飛んで行く？

ああ　わたしがときどき流す涙も
ぜひそのようでありたい
萬象《ものみな》のいのちをめぐり
悲しみの淵をほぐし
つねに　つねに
天に向って朗らかに立ち昇ってゆく……

（「水」部分）

一杯の「水」に「わたしを通ってゆきなさい」と呼びかけるとき、「水」は「わたし」をとおり、天をめぐり、「萬象《ものみな》のいのち」のもととなり、一篇の詩を詩人にもたらしてくれる。巻末に近く、この詩に出会った喜びはたとえようもない。

あとがき

　ここに収めた詩と小文は、一九九三年二月の八〇号から二〇〇四年の一二三号まで、季刊誌「日本のうたごえ」に連載されたものです。（都合で三篇ほど省き、文中で触れている他の作品を、「それってどんな詩？・」と関心を持ってくださる方のために、全行を小文字で挿し入れました。）

「日本のうたごえ」は誌名が示す通り、歌うこと、曲をつくることに、熱っぽく立ち向かっていらっしゃる方々に向けて、発行されている雑誌です。日本のうたごえ全国協議会の機関誌。私はいわば、招かれた客。

「詩の履歴書」と題しましたものの、執筆時の気分に合わせて詩選びをしていますので、制作年次を正確に辿ったものではありません。記憶のなかの気ままなぶらぶら歩きは、もうこのへんで失礼しなければ、と昨年終止符を打たせていただきました。

　本にまとめよう、などと大それた考えを起さず、函底に眠らせて置くつもりであった一塊の詩と小文を、「詩の森文庫」に拾いあげ、今日のひかりの中に立たせてくださいました、思潮社代表の小田久郎氏、解説の必要もない雑文をご理解深い文章でお引き立てくださった新井豊美さん、校正その他、丁寧なお仕事をしてくださった編集部の嶋崎治子さん、まことにありがとうございました。
毎号原稿が遅くなって、ご迷惑をおかけした「日本のうたごえ」編集部の三輪純永さんにも、この場をお借りしてお詫びとお礼を申しあげます。

新川和江

詩の森文庫

E08

詩の履歴書
「いのち」の詩学

著者
新川和江

発行者
小田久郎

発行所
株式会社 思潮社
162-0842 東京都新宿区市谷砂土原町3-15
電話 03-3267-8153(営業)・8141(編集)
ファクス 03-3267-8142　振替 00180-4-8121

印刷所
モリモト印刷

製本所
川島製本

発行日
2006年6月10日

詩の森文庫

E01
自伝からはじまる70章
大切なことはすべて酒場から学んだ
田村隆一

亡くなる間際まで毎月一章ずつ連載された自伝風エッセイ。切り立つ詩を書きつづけてきた詩人の、軽妙洒脱な散文の奥にひそむ孤高な境涯がしのばれる遺稿集。解説＝田野倉康一

E02
名詩渉猟
わが名詩選
天沢退二郎他

天沢退二郎、池内紀、岡井隆、塚本邦雄、立松和平、坪内稔典、四方田犬彦の七氏が古今東西の名詩からアンソロジーを編む。既成の名詩集や愛唱詩集では物足りない読者に捧ぐ。

E03
詩のすすめ
詩と言葉の通路
吉野弘

戦後屈指のライトヴァースの達人による、この「詩のすすめ」は詩の読み方だけが書かれているわけではない。ふだん見過ごしている弛緩した精神への警告が隠されているのだ。

E04
私の現代詩入門
むずかしくない詩の話
辻征夫

ユーモアとペーソスの抒情詩人辻征夫が、「詩をほとんど知らない人」のために、啄木、朔太郎、中也、道造らの詩を誰よりも親しみを込めて語る辻式現代詩入門。解説＝井川博年

E05
現代詩作マニュアル
詩の森に踏み込むために
野村喜和夫

現代詩の最前線を軽快なフットワークで縦横無尽に活躍する詩人が、「歴史」「原理」「キーワード」に「ブックガイド」を添え、詩の作り方、鑑賞方法を導く書き下ろし現代詩入門。

詩の森文庫

C06
詩とはなにか
世界を凍らせる言葉
吉本隆明

「全世界を凍らせる」かもしれないことを言葉にするのが詩の本質だと詩人は言う。詩の精神の原型、そして自らの「詩を書き続ける場所」を問う原理論8篇。解説＝添田馨

C07
詩を書く
なぜ私は詩をつくるか
谷川俊太郎

「何故詩を書くか」と問われて詩人は「世界と、すなわち言葉とたわむれたいから」と答える。「書くこと」をめぐる6篇、「ことば」をめぐる考察8篇他、具体的な書き方論。

E06
吉岡実散文抄
詩神が住まう場所
吉岡 実

散文を書くのを好まなかったが、詩人の文章は名品と評されている。出来事が現実を超え、超自然的な相貌を帯びてくる。自伝から西脇らの人物論までを収録。解説＝城戸朱理

E07
対談 現代詩入門
ことば・日本語・詩
大岡信 谷川俊太郎

現代詩を代表する詩人二人の作品の鑑賞と詩の日本語の美しさをテーマに交された、対談による歴史的な現代詩入門。詩を取り巻く状況、読むべき詩に言及。解説＝渡辺武信

C08
詩的自叙伝
行為としての詩学
寺山修司

「俺は詩人くずれだ。詩人くずれは成功するんだ」と寺山修司は言った。なぜ詩人たらんとしたのか。著名な「『荒地』の功罪」他、自伝的文章を含む詩論10篇。解説＝高取英